AF222416

Liebe ist das schönste Motiv

3. Niederrheinkrimi

von Ursula Fuchs

Ursula Fuchs

Liebe ist das schönste Motiv

Niederrheinkrimi

Bibliografische Information der Deutschen Nationalbibliothek:
Die Deutsche Nationalbibliothek verzeichnet diese Publika-
tion in der Deutschen Nationalbibliografie; detaillierte bibliografische Daten sind im Internet über
http://dnb.dnb.de abrufbar.

Titelbild: Ingrid Fuchs, © 2023
Zeichnungen: Ingrid Fuchs, © 2023

Herstellung und Verlag: BoD – Books on Demand, Nor-
derstedt

ISBN: 978-3-7578-2873-8

Nacht losgefahren war. Dicke Wolken schützten die Region vor zu starkem nächtlichen Auskühlen. Vor ihr im Westen waren sie rosa. Ihre Freunde aus Niederheid hatten ihr mal erklärt, dass ‚die Holländer' mit ihren Gewächshäusern dafür verantwortlich waren. Wie genau, wusste Andrea aber nicht.

„Mein Mann… Mein Mann…"

Andrea trat das Bremspedal durch, als plötzlich eine Frau vor ihr auf die Straße lief. Quietschend kam das alte Auto zum Stehen. Noch bevor Andrea sich aufregen konnte, war die aufgeschreckte Frau an der Fahrertüre, zerrte daran und redete so schnell, dass Andrea nichts verstand.

„Mein Mensch… Mein Mensch…"

Konnte die Frau nicht jemand anderem vor das Auto springen? Und musste sie ausgerechnet dieses komische Platt sprechen? „Mensch" und „Ehemann" waren Synonyme in diesem Platt. Andrea fragte sich immer, ob Frauen wohl keine Menschen waren? Innerlich kochend stieg sie aus – oder folgte viel mehr dem Zerren der aufgeregten Frau.

„Was ist denn mit Ihrem Mann?"

„Mein Mensch… Komm! Mein Mensch…"

Missmutig folgte Andrea der Frau, die aufgeregt vorweg lief – vor sieben Uhr morgens. Ihre Wangen waren vor Kälte gerötet und ihre Hände kalt.

„Komm… Mein Mensch…"

Ihr Mann war tot. Er lag im Schnee vor einem großen Tor im Innenraum des Hofes. Schleifspuren zeigten, dass die Frau ihn durch das große Tor gezogen hatte. Wie sie das geschafft hatte, konnte Andrea sich nicht vorstellen. Der Mann war groß und übergewichtig. Sein Gesicht war unnatürlich rot und schwammig. Er sah nicht so aus, als wäre er zu Lebzeiten gesund gewesen. Er trug scheinbar Arbeitskleidung. Er war kalt. Das erschreckte Andrea etwas, als sie nach dem Puls fühlte. Aber sie nahm sich zusammen.

Andrea sah sich um: es war kein Bauernhof, auf dem sie sich befand, aber wie ein typischer Niederrhein-Bauernhof in Vierkant-Form mit abgeschlossenem Innenhof aufgebaut. Vielleicht war es früher ein Bauernhof gewesen. Andrea konzentrierte sich wieder auf die Frau und ihren toten Mann. Flüchtig dachte sie daran, dass dies ein guter Zustand für alle Männer wäre, verdrängte den Gedanken aber wieder.

„Mach wat! Mach doch wat" schrie die Frau verzweifelt. Sie war kleiner als Andrea, rundlich, mit schwarzem Haar und roten Flecken im Gesicht. Sie war völlig außer sich – was Andrea verständlich fand – und trug eine geblümte Kittelschürze, dicke Baumwoll-Strumpfhosen, Hausschuhe und eine alte Strickjacke. Sie hatte scheinbar – wie ihr Mann – arbeiten wollen, obwohl Sonntag war.

Andrea schüttelte den Kopf: „Ich kann nichts mehr tut. Ihr Mann ist tot. Es tut mir leid."

Die Frau sah Andrea einen Moment lang an, dann schrie sie auf und schlug sich die Hände vor das Gesicht. Sie lief weg. Es war ein Wunder, dass sie nicht über die alten, ausgeleierten Hausschuhe stolperte. Sie musste vom Schnee klatschnasse Strümpfe haben. Andrea hatte keine Lust ihr nachzulaufen. Aber sie musste es wohl: ihr Mann war gestorben und Andrea wusste nicht, wozu die Frau fähig war. Doch bevor Andrea einen Schritt tun konnte, war die Frau wieder da.

„Abba… Abba… Dat jeht doch nich…" Die Frau umklammerte Andreas Arm, ließ sie wieder los und lief weg. Ihre dunklen Augen waren weit aufgerissen.

„Frau…" Andrea wusste nicht mal, wie die Frau hieß. „Warten Sie… Frau…"

Andreas Rufe nutzten nichts. Die Frau lief aufgeregt zwischen den Gebäuden umher. Andrea gab auf. Nick sollte sich um die ganze Angelegenheit kümmern. Der wurde dafür bezahlt.

„Wilms?" klang es fast unfreundlich aus Andreas Handy. Kein Wunder um diese Uhrzeit an einem Sonntagmorgen. Es war Andrea egal: er hätte sein Handy ausschalten sollen. Ihr war kalt und ihre Laune war noch schlechter geworden.

„Hallo Nick, hier ist Andrea. Hast du Dienst?"

„Nein, warum?" Nick war offensichtlich erstaunt: „Bist du schon zurück?"

„Hat Marion Dienst?" wollte Andrea wissen. Sie hatte keine Lust auf Smalltalk.

„Nein, Werner und David sind auf der Wache. Warum?"

„Sch...! 'Tschuldigung. Dann ruf ich da an. Entsch...“

„Andrea! Was ist los?“ wollte der Polizeioberkommissar der Gemeinde mit Nachdruck wissen.

„Hier ist ein Toter. Seine Frau rennt völlig aufgelöst über den Hof...“

„Gewaltverbrechen?“

„Nee, glaub nicht. Kein Blut, keine Kampfspuren. Sieht so aus, als hätte er einen Herzinfarkt oder Schlaganfall oder so was gehabt. Aber jemand hat ihn auf den Hof gezogen. Keine Ahnung, warum. Aber das ist auch nicht mein Job.“

Nick kannte diesen Ton an Andrea. „Ich komme. Beruhigst du die Witwe solange?“

„Na toll! Die rennt hier rum wie ein Jungbulle, der eine stierige Kuh gesehen hat...“

Nick lachte auf: „Du bist zu oft mit Jo zusammen! Ich beeile mich, okay? Ich hol nur eben den Arzt ab.“

„Mmh“, murmelte Andrea, beschrieb Nick die Stelle, wo sie war und legte auf, ohne sich zu verabschieden.

Als Nick auf das Grundstück der Liedners kam, stand Andrea auf dem Hof, den Rücken zur Straße gewandt. Der Hof war hell erleuchtet. Die Witwe sah er nicht. Liedners betrieben seit Generationen eine kleine Schlachterei in Niederheid. Aber nach dem Tod von Ludwig Liedner würde die wohl nicht weiter geführt werden. Die Kinder des Ehepaars hatten kein Interesse daran.

„Morgen, Andrea. Alles in Ordnung?"

„Mmh! Morgen", murmelte die hübsche Blondine.

Nick musterte sie kurz. Ihr verschlossenes Gesicht ließ ihn sachlich bleiben: „Wo ist die Witwe?" Den Toten sah er: der lag an der Mauer zum Kühlhaus.

„Keine Ahnung. Mal hier, mal da. Aber ich hab geguckt, dass sie nicht wegläuft. Die ist nicht zu beruhigen."

„Mmh, hab mal gehört, dass sie auf Stress völlig hysterisch reagiert", brummte Nick.

„Du kennst die Leute?"

„Na ja, ein bisschen. Du weißt doch, dass das Dorf nicht groß ist. Heidemarie und Ludwig Liedner. Haben eine Schlachterei. Hinter dem Tor ist das Kühlhaus."

„Ich guck mir den Toten mal an", rief eine Frauenstimme, die Andrea nicht kannte, von hinten.

Erstaunt drehte Andrea sich um. Als sie die Frau sah, musste sie grinsen: „Jetzt weiß ich, warum du ‚den Arzt' abholen wolltest."

Nick runzelte die Stirn: „Was meinst du?"

„Sie ist eine sehr hübsche, junge Frau!"

„Wir sind Kollegen", murmelte Nick unzufrieden. „Ich musste sowieso bei ihr vorbei, da kann ich sie doch mitnehmen…"

Andrea sah Nick nach, der der Gerichtsmedizinerin zum Toten folgte.

In der folgenden halben Stunde sah Andrea der Gerichtsmedizinerin, Nick und dem Angestellten der Spurensicherung zu, wie sie arbeiteten. Nick sah sich auf dem Hof um und sprach mit der Witwe. Sie war ruhiger, beinahe gefasst. Die Gerichtsmedizinerin untersuchte den Leichnam und winkte schließlich den beiden Männern mit der Bahre. Dann kam sie zu Andrea: „Morgen. Pia Sindwer. Sie haben die Leiche gefunden?"

Andrea nahm ihre Hand: „Andrea Jansen. Morgen. Nein. Die Witwe hat die Leiche gefunden. Sie ist mir dann vors Auto gesprungen und ich hab Nick angerufen."

„Mmh. Warum Nick? Nicht den Notruf?"

Andrea zuckte mit den Schultern: „Er war tot. Und Nick wäre sowieso gekommen."

„Stimmt. Haben Sie die Leiche angefasst? Gedreht oder so was?"

Andrea sah die Frau erstaunt an. Sie war so groß wie sie selbst, hatte dickes dunkles Haar und schwarze Augen. Ihr Gesicht war freundlich.

„Nein, ich hab ihn nicht bewegt. Nur am Hals nach dem Puls gefühlt. Warum?"

„Bin nicht sicher..." murmelte sie.

Andrea wurde hellhörig: „War es kein natürlicher Tod?"

„Mmh? Doch, denke schon. Bei seinen Gewohnheiten..."

„Was für Gewohnheiten?"

Pia Sindwer sah Andrea abschätzend an: „Ich denke, ich habe Ihnen schon mehr gesagt, als ich durfte."

Als die Leiche abtransportiert und die Tochter der Witwe gekommen war, um ihrer Mutter beizustehen, kam Nick zu den beiden Frauen. Er trug eine gut sitzende Jeans und seine warme Winterjacke, keine Uniform. Aber er war ja auch nicht im Dienst.

„Was meinst du?" wollte er von Pia wissen.

Die sah zweifelnd zu Andrea, aber Nick winkte ab: „Sie kriegt es sowieso raus."

„Das darfst du nicht…" meinte Pia überrascht.

„Schon gut. Brauchst du mich denn noch? Sonst fahre ich nach Hause", bot Andrea Nick an.

„Zur Sicherheit brauch ich noch deine Aussage", erklärte der große Mann mit den wirren, kurzen Locken. Dabei zog er seine gefütterte Jacke aus und hängte sie Andrea um die Schultern: „Dir ist eiskalt, oder? Ich muss noch mal kurz mit der Witwe sprechen, dann komm ich zu dir, in Ordnung?"

„Mmh."

„Ich beeile mich. Was meinst du, Pia?"

„Herzversagen vor ein paar Stunden, zwölf bis fünfzehn. Es ist kalt im Kühlhaus. Jetzt ist es gleich sieben… also gestern zwischen sechzehn und neunzehn Uhr. Wahrscheinlich eher gegen Abend, weil seine Frau ihn ja sonst früher gesucht hätte. Bestimmt nach einem fettigen, salzigen, cholesterinreichen Essen, Bier und `nem Kurzen als Verdauungsschnaps. Genaueres sag ich dir nach der Obduktion. Er war nicht sehr gesund: Übergewicht, zu hoher Cholesterinspiegel, Nikotin, Alkohol, wenig Bewegung, einseitiges Essen. – Er war mein Patient. Heide kocht auch abends warm... Ich würde vermuten, er ist nach dem Abendessen noch mal nach seinen Produkten gucken gegangen, hat Probleme mit dem Herzen bekommen und ist gestorben. Seine Frau ist daran gewöhnt, dass er lange im Kühlhaus ist und hat sich keine Gedanken gemacht. Erst, als er heute Morgen nicht in der Küche auf seinen Kaffee wartete, hat sie sich gewundert und nachgesehen, wo er bleibt. Sie hat ihn im Kühlhaus gefunden und rausgezogen."

„Die Tür vom Kühlhaus kann man von innen öffnen. Das hab ich getestet", ergänzte Nick.

„Warum guckt sie erst am nächsten Morgen nach ihrem Mann?" wunderte sich Andrea.

„Heide kannte ihn: wenn der einmal bei seinen Schweinehälften und weiß der Himmel was war, vergaß er die Zeit."

„Mmh, sie sagt, sie hat sich erst gewundert, als ihr Mann um halb sechs nicht rein kam. Er stand wohl öfter schon um fünf oder so auf, brauchte dann aber um halb sechs seinen Kaffee", brummte Nick.

„Mmh, und dafür hat er Heide auch geweckt: er kann... konnte keinen Kaffee kochen", erzählte Pia.

„Und genau zu der Zeit bin ich hier vorbei gefahren und sie ist mir vors Auto gesprungen."

„Nicht ganz: sie sagt, sie ist noch über den Hof gelaufen, erst zum Telefon, dann doch wieder zu ihrem Mann, dann doch zum Telefon und dann hat sie Scheinwerfer gesehen."

Andrea zuckte mit den Schultern: „Das würde passen: nachdem sie mich aus dem Auto gezogen hat, ist sie auch wie von der Tarantel gestochen über den Hof gerannt."

Nick grinste schief: „Dein Bild mit dem Jungbullen war schöner."

Pia sah Andrea neugierig an, als Nick weg war: „Was war das denn eben?"

„Was?"

„Nick gibt seine Jacke nie ab! Da können die Verehrerinnen noch so hübsch sein oder noch so viel Bein oder Brüste zeigen. Er holt höchstens eine andere aus seinem Auto."

Andrea zuckte mit den Schultern: woher sollte sie wissen, was in Nick vorging? Nett fand sie es trotzdem. Ihr war wirklich kalt und Nicks Jacke war dick und vorgewärmt. Außerdem roch sie gut. Ihre eigene Jacke roch muffig, weil sie sie nass ins Auto hatte legen müssen.

Da Andrea scheinbar nicht antworten wollte, schlug Pia vor: „Wir sollten ein Stück gehen, dann wird dir... Ihnen wärmer."

Andrea nickte. Nach ein paar Schritten erklärte sie: „Ich kenne andere Leute, die mir von der Polizeiarbeit hier erzählen, wenn ich danach frage. Nicht Nick. Und auch keiner der anderen Polizisten hier. Niemand, den du kennst." Pia war ihr sympathisch und sie hoffte, dass sie das ‚du' einfach übernehmen würde.

Pia musterte sie von der Seite.

„Nick hält sich an die Vorschriften", fügte sie an. Es stimmte nicht ganz, aber der Zweck heiligte in dem Fall die Mittel.

Pia war skeptisch: „Ich kenne die ganze Stadt – fast. Wer…"

„Es ist wirklich niemand von hier. Ich komme auch nicht von hier."

„Mmh, hab ich mir schon gedacht. Sonst würde ich dich kennen." Plaudernd liefen die Frauen über den Hof und warteten auf den Polizeioberkommissar.

„Guck mal." Andrea blieb stehen: „Hier ist irgendwer dauernd hin und her gelaufen." Sie wies auf Fußspuren im Schnee, nahe der Straße.

„Stimmt." Pia grinste: „Bestimmt Ludwig, weil er rauchen wollte und seine Frau es verboten hat. Heide ist davon überzeugt, dass er nicht mehr raucht – geraucht hat. Sie hat mir immer stolz von ihren Fortschritten mit Ludwig erzählt: ‚Er raucht nicht mehr. Das wollte er selbst und ich habe ihn nur dabei unterstützt', ‚Ludwie trinkt nicht mehr so viel, hat er selbst entschieden', oder ‚Ludwie isst jetzt mehr Gemüse. Gestern hat er sich sogar Grünkohl gewünscht'. In ein Kilo Grünkohl tut sie immer auch ein Kilo Speck. Und Schweinebraten dazu. Der Kerl wusste genau, wie er an sein Fleisch kommt. Und dann auch noch zwei warme Mahlzeiten am Tag, weil ‚im Kühlhaus is et kalt! Doa musste schon warm spachtele, dat du schön warm wirs'. Seine Blutwerte waren eine einzige Katastrophe! Aber Probleme hatte er nie."

Andrea grinste: „Also ein Albtraumpatient!"

Pia kicherte: „Ja, absolut! Er hat uns Ärzte zur Weißglut gebracht: ‚Wat willste denn? Misch jeht et jut! Lass misch in Ruh mit dein dämliche Blutbild!' Aber jetzt ist er doch tot…"

„Du bist auch Ärztin?"

Pia lachte: „Ja, hauptberuflich. Ich teile mir mit zwei Kollegen eine Praxis in Beinfreen – also im Nachbarort. Gerichtsmedizinerin bin ich nur bei Bedarf."

„Fertig." Nick lächelte. „Erzählst du mir morgen, was heute passiert ist?" fragte er Andrea. „Ich hol dich zum Frühstück ab."

Pia machte ein erstauntes Gesicht, sagte aber nichts.

„Nee, muss arbeiten. Das bisschen, was ich weiß, kann ich dir auch jetzt erzählen."

„Ich hab keine Lust mehr", murrte Nick. „Ich hol dich morgen zum Mittagessen ab."

„Nee. Ich erzähl dir jetzt was passiert ist, dann kann ich das anschließend vergessen."

„Na gut, dann eben jetzt", resignierte Nick.

Pia lachte auf: „Wie machst du das, Andrea? Der frisst dir ja aus der Hand!"

„Hättest du wohl gerne!" murmelte Nick unzufrieden.

Pia lachte: „Ist doch nicht schlimm, Nick." Sie stieß ihn freundschaftlich in die Seite: „Es kann ganz schön nerven, immer alles zu bekommen, was man will. Ich setz mich schon mal ins Auto. Tschüss, Andrea. Wäre schön, wenn ich dich noch mal sehe."

„Ja, das fände ich auch schön. Tschüss, Pia."

„Wilms!" Es klang genervt und Andrea verstand ihn.

„Hallo Nick. Entschuldige. Mein Auto springt nicht an."

„Ich komm zurück." Er legte auf und wendete.

„Was ist los?"

„Ihr Auto springt nicht an."

Pia lächelte nur.

„Warum lachst du?"

„Du musst wieder zurück. Aber anstatt noch schlechtere Laune zu kriegen, bekommst du bessere. Du tust wirklich alles für sie, oder?"

Nick grinste und zuckte mit den Schultern: „Zumindest ziemlich viel! – Ich mag sie einfach gerne. Und irgendwer muss auf sie aufpassen."

„Warum?" Nick erzählte Pia, wie Andrea in der Vergangenheit mehrere Morde in der Gegend aufgeklärt hatte und dabei immer selbst in Gefahr geraten war.

In Nicks Auto kuschelte Andrea sich in eine der Decken, die auf dem Rücksitz lagen. Amüsiert beobachtete Nick im Rückspiegel, wie sie sich so tief in der Decke vergrub, dass nur noch Nase und Augen zu sehen waren. Da auch Pia neben ihm aussah, als würde sie frieren, drehte er die Heizung hoch.

Nach einer Weile seufzte Andrea zufrieden und schob die Decke etwas zur Seite: „Nick, kannst du mich zu Jo und Eva bringen? Eva hat für mich eingekauft, weil mein Kühlschrank leer ist. Und ich bin zum Frühstück eingeladen."

„Mmh, klar." Brummte der Polizist. „Jo hat auch noch mein Überbrückungskabel. Dann können wir anschließend versuchen, dein Auto damit zu starten."

„Bist du auch zum Frühstück eingeladen?"

Nick grinste: „Jetzt ja."

In Eva-Maria und Joachim Peters' Küche wurden sie von einem vergnügt brabbelnden Kind begrüßt. Andrea vergaß, die Eltern zu begrüßen. Verzückt hob sie den fröhlichen, kleinen Jungen aus seinem Kinderwagen, redete und schmuste mit ihm.

„Sieben, nee, acht Wochen ist der jetzt alt, oder?" überlegte sie.

„Mmh. Und dich hat er nicht vergessen. Er steht total auf Blondinen", grinste die kleine, dunkelhaarige Eva. „Hallo, Andrea! Frohes neues Jahr!"

Andrea sah erstaunt auf und musste über sich selbst lachen: „Entschuldigt! Dich leg ich jetzt wieder in deinen tollen Kinderwagen, kleiner Aljoscha", erklärte sie dem Jungen, dann begrüßte und umarmte sie Eva, Jo und Nick auch. Ihm hatte sie auch noch kein frohes neues Jahr gewünscht. Es war bei dem Todesfall einfach untergegangen.

Peters hatten ihre Kühe schon gefüttert und gemolken. Und da auf den Feldern Schnee lag, hatte Jo die Ruhe, lange mit seiner jungen Familie und seinen Freunden zu frühstücken. Normalerweise hielt den rothaarigen, wortkargen Hünen nichts am Esstisch, wenn er auf den Feldern arbeiten konnte.

Nach einer Weile fragte Eva: „Wie waren denn deine Feiertage, Andrea? Wir reden die ganze Zeit nur über uns. Entschuldige."

„Kein Problem. Ich hatte auch schöne Feiertage. Ich hab den Freund meiner Schwester kennengelernt und endlich meinen Bruder wiedergesehen. Von Anna soll ich euch grüßen! Mama hat ganz toll gekocht und Onkel Bruno hat wieder ein neues Lied gelernt und gesungen. Der kann ganz toll singen, macht er aber leider nur als Hobby."

„Ist der nicht Anwalt?"

„Oberstaatsanwalt, ja."

Nick lachte: „Das kann ich mir nicht vorstellen: ein Anwalt, der Spaß am Singen hat. Die haben doch sonst nur ihre Paragraphen im Kopf?"

„Onkel Bruno nicht. Ich übrigens auch nicht, Herr Polizeioberkommissar! Und ich werde auch mal Anwältin!"

Nick grinste: „Dann genieß dein Leben jetzt noch. Wenn du Anwältin bist, redest du auch nur noch in Paragraphen."

„Vielen Dank für euer Geschenk! Aber ihr müsst mir doch nichts schenken! Und das ist viel zu teuer…" wandte Andrea sich an Eva und Jo, nachdem sie Nick strafend angesehen hatte.

„Nein!" unterbrach Eva sie bestimmt. „Du hilfst uns jedes Wochenende im Stall und willst kein Geld haben. Du hilfst uns sehr, da bekommst du auch ein Geschenk! Gefällt es dir denn?"

„Ja, klar! Der ist super! Aber das weißt du doch: ich habe, seit ich hier bin, gejammert, dass mir ein großer Bilderrahmen für das Bild von meinem Bruder fehlt. Und das Buch hört sich auch gut an. Danke."

„Da siehst du mal: wenn man jammert, bekommt man zwei Geschenke…" brummte Nick. „Ich hab nur `ne Flasche Whisky bekommen…" provozierte er Eva.

„Der war teuer! Und du kannst den auch gerne zurückgeben, wenn du den nicht willst!" maulte sie erwartungsgemäß, was Nick freute.

„Außerdem helfe ich im Stall…" meinte Andrea triumphierend.

Nick grinste: „Toll! Da ist es wenigstens warm! Jo meinte gestern, er müsste seine Schlepper waschen. Und ich musste helfen."

Andrea sah erst Nick dann Jo sprachlos an. „Es war eiskalt!?"

Jo zuckte mit den Schultern: „War nötig und es war sonst nichts zu tun."

Nick zwinkerte Andrea grinsend zu. Es hieß etwa: ‚so verrückt sind Bauern eben'.

„Was hat Fabian dir denn zu Weihnachten geschenkt?" wollte Eva wissen.

Andrea schluckte. Sie schwieg. Leise sagte sie schließlich: „Nichts. Hab ihn gar nicht gesehen."

Jo ließ seine Kaffeetasse wieder sinken. „Wie?"

Andrea zuckte mit den Schultern und starrte auf die Tischdecke: „Er hatte keine Zeit, musste sich auf irgendeinen Prozess vorbereiten."

„Und du hast ihn gar nicht gesehen?" vergewisserte sich Eva.

Andrea schüttelte nur den Kopf.

„Dem würde ich…" Jo verstummte, als er einen warnenden Blick von Eva auffing.

„Das tut mir leid, Andrea! Dafür gibt es bestimmt einen guten Grund, und wenn er wieder Zeit hat, holt ihr das nach…"

„Ach, Schwachsinn!" fuhr Andrea zwischen Evas Worte. „Der Idiot hat überhaupt kein Interesse an mir! Ich wette, der hatte sofort wieder vergessen, dass ich nach Hause komme! Der hat nur noch seinen verdammten Job im Kopf! – Oder er hat eine andere… Egal! Das Ergebnis ist das Gleiche! – `Tschuldigung!" murmelte sie zum Schluss. „Ich hab euch das Frühstück verdorben. Tut mir Leid…"

„Mach dir mal um unser Frühstück keine Sorgen", brummte Jo.

„Hast du nicht mal mit ihm gesprochen?" wollte Eva wissen.

„Nein. Und wenn, dann hätte ich nach der Adresse gefragt, wo ich seinen dämlichen Ring hinschicken kann!"

Eva erschrak: „Schluss machen?"

Andrea zuckte mit den Schultern: „Das wäre nur ehrlich. Eine Beziehung ist das doch nicht mehr. – Aber mach mal Schluss, wenn du ihn nie siehst. Ich wollte nie im Leben am Telefon Schluss machen. Wenn ich das jetzt könnte, wäre ich froh! Aber ich erreiche ihn ja nie!"

„Bleibt SMS", meinte Nick mit einem schwachen Grinsen.

Es wirkte: Andrea lachte auf: „Hab ich auch schon drüber nachgedacht. Aber so sauer bin ich dann doch noch nicht."

„Willst du das denn sicher?" brummte Jo.

Sie zuckte mit den Schultern: „Vielleicht nicht, wenn er eine gute Entschuldigung hat."

„Liedner-Ludwig ist tot", brummte Nick. Eva und Jo sahen von ihren Brötchen auf. „Mmh. Gestern. Seine Frau hat ihn gefunden. Lag aufm Hof im Schnee..."

„Ermordet?" fragte Eva fast hysterisch.

Nick schüttelte den Kopf: „Nee, wahrscheinlich einfach Herzversagen. Ein genaues Ergebnis kommt noch."

„Wie schrecklich! Die arme Heide! Ich fahr sie heute Nachmittag besuchen! Oder..."

„Warum mischt die Polizei da mit?" unterbrach Jo seine Frau.

„Frau Liedner ist mir heute Morgen vors Auto gesprungen, weil ihr Mann tot war. Ich sollte helfen, aber da war alles zu spät. Also hab ich Nick gerufen", erklärte Andrea.

„Ihr geht aber nicht von einem Verbrechen aus?"

„Nein", antwortete Nick. „Ist reine Routine. Liedner war noch nicht alt genug für einen natürlichen Tod. Aber der Gesündeste war er auch nicht."

„Wie alt war er?"

„Ende fünfzig."

Für Jo war das Thema damit erledigt: „Was machst du heute, Nick?"

„Hab nichts vor."

„Muss beim Fendt `n Reifen wechseln."

Nick brummte etwas, was Andrea nicht verstand. Allein an Jos Gesichtsausdruck erkannte sie, dass Nick Jo helfen würde. Sie grinste: „Das geht nicht, Jo. Heute ist Sonntag und Beamte können sonntags nicht arbeiten."

Von Jo erntete sie das erwartete Grinsen, von Nick einen strafenden, aber amüsierten Blick.

„Dann haben Beamte ja jeden Tag Sonntag", feixte Jo und zwinkerte Andrea zu. Er ließ seinen besten Freund nicht zu Wort kommen: „Hast du Arbeitsklamotten mit?"

Nick schüttelte den Kopf und Eva bot an: „Ich hol dir welche von Jo."

Die beiden Männer waren gleich groß und breit, aber Nick wirkte durch seine schlanke Taille athletischer. Jo war massiver gebaut. Er war zudem sehr sparsam mit seiner Mimik. Sein ganzes Repertoire an verschiedenen Gesichtsausdrücken sah man nur, wenn er mit seinen Kumpels in der Dorfkneipe saß. Trotzdem war er einer der liebsten und fürsorglichsten Menschen, die Andrea kannte. Das gleiche galt für Nick, der aber in seiner ganzen Art schon umgänglicher war als Jo.

Nick sah Andrea an: „Was hast du vor? Willst du noch länger bleiben?"

„Nein. Ich würde gerne langsam zu meinem Auto und dann Zuhause die Lebensmittel von Eva einräumen."

„Mmh, dann bring ich dich jetzt zum Auto und wir gucken, ob wir das ans Laufen kriegen. Und dann fahr ich eben nach Hause, Arbeitsklamotten holen. Ich brauch die Überbrückungskabel, Jo."

Andreas Auto sprang ohne Probleme an.

„Hat der das öfter?" wunderte sich Nick.

Mmh, immer wenn es ihm zu kalt ist. Jetzt hat die Sonne auf die Motorhaube geschienen."

„Damit solltest du in die Werkstatt fahren. Wir haben erst Januar."

„Ich war schon in drei Werkstätten. Die finden nichts. Ich finde mich langsam damit ab, dass mein Auto eine Seele hat." Als Andrea Nicks Gesichtsausdruck sah, musste sie lachen. „Guck nicht so! Mein Auto und ich kennen uns jetzt seit elf Jahren. Wir sind die besten Freunde!"

Nick zog die Augenbrauen hoch und schwieg.

Andrea kicherte: „Du traust mir auch alles zu, oder? Da wird irgendein Kontakt nicht funktionieren, wenn der Motor zu kalt ist. Ich hab keine Ahnung davon. In der Werkstatt ist der Wagen immer untersucht worden, wenn der warm war und dann hat alles funktioniert."

„Hast du den Mechanikern das nicht gesagt?"

„Doch! Sicher! Aber wer glaubt schon einer Frau?"

Nick sah sie erstaunt an, brummte etwas und fügte hinzu: „Fahr mal zu Jan Holten in Heidberg. Der ist gut. Der hilft dir bestimmt."

„Der ist Mechaniker und ich bin immer noch eine Frau", wandte Andrea ein.

„Fahr einfach hin. Ich geb` dir die Adresse. Ruf an, wenn er das Auto über Nacht da behält."

Andrea zuckte mit den Schultern und nickte: es würde ja nichts kosten und im schlimmsten Fall auch nichts ändern.

„Gut, dann fahr ich Jo helfen. Komm gut nach Hause und grüß mir Sammy! Hab sie fast zwei Wochen nicht gesehen. Ich war da, um ihr Futter zu geben, aber das hat ihr wohl nicht gereicht. Als sie gemerkt hat, dass du weg bist, ist sie nicht mehr gekommen."

Sammys richtiger Name war Samira. Die Tigerkatze besuchte Andrea regelmäßig. In kalten Nächten schlief sie auch gerne in Andreas Wohnung.

„Ja, klar! Mach ich! Danke, Nick! Ich sehe aber eben noch nach der Witwe... Wieso guckst du so? Darf ich das nicht? Eva will sie auch gleich besuchen..."

„Ihr Mann ist einen natürlichen Tod gestorben! Red ihr nichts anderes ein! Und dir auch nicht!"

Andrea nickte erstaunt. Wieso betonte er das so?

„Pia hat mir erzählt, wie hellhörig du geworden bist, als sie erwähnt hat, dass der Mann vielleicht bewegt worden ist. Seine Frau hat ihn aus dem Kühlhaus gezogen. Mach bloß die Pferde nicht scheu, Andrea! – Zumindest nicht, solange noch nichts feststeht. Bitte!"

„Ja, natürlich! Ich wollte nur fragen, wie es ihr geht. Keine Sorge!" lächelte sie.

Ihr offenes Lächeln entwaffnete Nick. Er vergaß die Warnungen und lächelte zurück: „Gut! Schönen Tag. Bis bald!"

„Wä sind Sie denn?" schnauzte Frau Liedner Andrea an.

Sie war größer als Andrea sie in Erinnerung hatte, und älter. Ihr Haar war grau meliert, ihre Augen müde und ihre Gesichtszüge schlaff und abweisend. Aber sie hielt sich aufrecht.

„Andrea Jansen. Hallo. Ich habe heute Morgen die Polizei gerufen, als Sie mich wegen Ihres Mannes angehalten haben."

Misstrauisch musterte die Frau sie. „Dat waren Se nich! Se ware viel jünger!"

Solche Komplimente liebte Andrea. „Stimmt: genau sechs Stunden. Wie geht es Ihnen? Kann ich etwas für Sie tun?"

Skeptisch betrachtete die Frau sie: „Stimmt, Se ware dat doch! – Wenn et hell is, sind Se älter... Komm rein! Ich hab Kaffe."

Frau Liedner drehte sich um und ging in den dunklen Flur ihres Hauses. Er war mit alten Balken getäfelt und roch muffig. Dicke Eichendielen hielten die Feuchtigkeit, dicke Teppiche und uralte Bilder den Staub. Unter jedem von Andreas Schritten knarrte das alte Holz. Gerade als Andrea sich Gedanken über die beste Ausrede machte, sofort wieder gehen zu können, öffnete Heidemarie Liedner eine Tür: „Komm rein. Meine Tochter hat misch noch der Tisch jedeckt, bevor et jejange is. Se sind nich von hier?"

Andrea trat in eine helle, freundliche Küche. Zwei große Fenster wiesen zum Hof, über eine Terrassentür kam man in den Garten. Eine fröhliche Tischdecke zierte den liebevoll gedeckten Frühstückstisch.

„Nein. Ich mache hier in Niederheid nur ein Praktikum bei Notar Hofmeister."

„Wo kommen Sie denn her?"

Verblüfft sah Andrea Frau Liedner an. Die kicherte: „Ja, ich spreche auch Hochdeutsch. Brauch ich nur meistens nicht."

„Ich komme aus Frankfurt."

„Main oder Oder?"

„Main."

„Da war ich noch nicht. Soll sehr interessant sein. Setzen Sie sich! Nehmen Sie, was Sie möchten. Meine Tochter deckt den Tisch immer sehr reichlich."

So viele unterschiedliche Wurst- und Aufschnittsorten wie auf diesem Frühstückstisch standen, hatte Andrea noch nicht gesehen. Allein der Neugier wegen nahm sie eine Scheibe Brot, strich Butter darauf und probierte den sehr appetitlich aussehenden Braten.

„Ja, essen Sie. Der Aufschnitt ist alle selber gemacht! Ludwie ist... war da sehr genau und sehr qualitätsbewusst. Der wusste genau, was schmeckt..." Traurig starrte die Witwe auf den Boden. „Nicht klagen! Das Leben geht weiter!" entschied sie energisch. „Möchten Sie Kaffee?" Sie stand auf.

„Ja, gerne."

„Freut mich! Ich schütte noch welchen auf. Ich muss nur eben noch..." Frau Liedner beendete den Satz nicht, bevor sie die Küche verließ.

Als Andrea endlich von jedem Aufschnitt probiert hatte, fühlte ihr Bauch sich an, als müsste er platzen. Stöhnend lehnte sie sich auf der Eckbank zurück. Frau Liedner musterte sie zufrieden. Sie hatten sich die ganze Zeit gut unterhalten.

„Der Aufschnitt ist gut, ne? Ludwie kann das… konnte das ganz toll! Wollen Sie sich etwas mitnehmen?"

Andrea wollte zu gerne ‚ja' sagen, hatte aber schon ein schlechtes Gewissen, weil sie der armen, frisch verwitweten Frau fast den gesamten Aufschnitt weggegessen hatte. „Ja, gerne", sagte sie schließlich. „Aber nur, wenn ich Ihnen den bezahlen darf."

„Kommt gar nicht in Frage! Sie haben mir heute Morgen so geholfen! Und…"

„Nein! Das bezahle ich Ihnen! Da bestehe ich drauf!"

Die Frau mit den grauen Strähnen im Haar wurde ernst: „Mein liebes Kind, ich möchte Ihnen von dem Aufschnitt schenken, den Ludwie gemacht hat. Sie haben es verdient! Und ich bin keine arme Witwe: mein Ludwie hat Lotto gespielt. Und gestern sind seine Zahlen gezogen worden. Er hat sich richtig gefreut… – Na, auf jeden Fall bekomme ich jetzt das Geld! Warten Sie, ich packe Ihnen schnell von dem Aufschnitt zusammen…" Aufgescheucht rannte die Witwe durch die Küche, hantierte mit Messer, Folie und Aufschnitt und sang leise vor sich hin.

„Er hat im Lotto gewonnen?"

„Mmh?" erschreckt sah Frau Liedner Andrea an. „Ah! Oh… ja, gestern, ja, genau…"

„Haben Sie viel gewonnen?"

„Ja… Sechs Richtige…"

Andrea blieb der Mund offen stehen: „Sechs Richtige? Ehrlich?"

„Ja! Ja, ja! Etwas mehr als sechs Millionen Euro."

„Was!!? – Herzlichen Glückwunsch... Äh... Tut mir Leid... Ihr Mann ist tot... Äh..." stotterte Andrea.

„Danke, mein Kind!" erwiderte die Witwe lediglich. „Hier ist Ihr Aufschnitt. Lassen Sie den nicht schlecht werden: die Qualität ist sehr gut! – Schade, dass das jetzt vorbei ist... Es ist so ein schönes Handwerk..." Damit brachte Frau Liedner Andrea zur Tür.

Nachdenklich ging Andrea zum Auto. Gestern hatte der Mann im Lotto gewonnen. Heute war er tot. War es richtig gewesen, der Witwe zum Lottogewinn zu gratulieren? Sie hatte den Aufschnitt nicht bezahlt. Fast wollte Andrea umdrehen, entschied sich dann aber doch, keinen Streit mit Frau Liedner anzufangen. Sie hatte deutlich gesagt, dass sie Andrea den Aufschnitt schenken wollte. Tief in Gedanken fuhr Andrea ins Dorf zurück. Auf einem Parkplatz im Wald stand ein Auto, das da schon gestanden hatte, als sie mit Nick zu Jo und Eva gefahren war. Das war vor etwa fünf Stunden gewesen. Ihr war das Auto aufgefallen, weil es so weit abseits von den anderen stand und vor Sauberkeit glänzte – im Gegensatz zu allen anderen Autos der Umgebung.

Zuhause räumte Andrea die Lebensmittel in Kühlschrank und Regale, packte ihre Sachen aus dem Reisekoffer aus und sah die Post durch, die sich in ihrer Abwesenheit gesammelt hatte. Die Werbeprospekte warf sie sofort weg. Übrig blieben zwei Rechnungen und verschiedene, postkartengroße Einladungen zu sogenannten ‚Neujahrs-Willkommen'. Sie waren von ihren Nachbarn selbst gebracht worden. Die meisten Karten waren liebevoll gestaltet, bemalt oder beklebt. Andrea musste Eva fragen, was das für Treffen waren und was von ihr erwartet wurde. Das erste Treffen war schon an diesem Nachmittag, etwa fünf Häuser weiter in Andreas Nachbarschaft.

Kapitel zwei

„Hallo Andrea. Hab ich was vergessen?" fragte Eva am Telefon.

„Nein. Hab alles. Vielen Dank. Ich hab nur eine Frage: ich habe Einladungen zu ,Neujahrs-Will-kommen' bekommen. Was ist das? Und..."

„Ehrlich? Haben die dich eingeladen? Das find ich ja super! Die machen das nicht immer. Aber dass die dich eingeladen haben, ist super! Die..." Das Weinen von Aljoscha unterbrach sie.

Bevor Eva fortfahren konnte, fragte Andrea: „Was hat er?"

„Ich denke, er hat Hunger. Er muss jetzt aber eben warten. Ich muss eben den Tisch decken... Ach, wenn Nick gleich rein kommt, schimpft der wieder, dass das Baby schreit... Da sind die schon."

Andrea hörte, wie Nick und Jo lachend in die Küche kamen. Als sie das Babygeschrei hörten, verstummte das Lachen.

„Eva, guck doch lieber nach dem Kleinen. Wir können uns selbst Essen machen", meinte Nick freundlich. „Ich guck mal nach ihm..."

„Nee! Ich guck nach ihm! Du kochst Kaffee!" be-stimmte Jo.

Eva grinste: „Wolltest dich drücken, oder?"

„Mmh, nee", brummte Nick, war aber nicht sehr überzeugend.

Eva lachte und erklärte Andrea dann: „,Neujahrs-Willkommen' sind so was wie Kaffee-Kränzchen. Die Nachbarn laden sich gegenseitig ein, es gibt Kaffee und Kuchen oder Brötchen und auch schon mal Schnaps und so was..."

„Schon mal!'" brummte Nick dazwischen und betonte es so, dass klar war, dass es immer Schnaps gab. „Wer ist das?" wollte er wissen.

„Andrea. Ihre Nachbarn haben sie zu ,Neujahrs-Willkommen' eingeladen und sie weiß gar nicht, was das ist."

„Das ist schön! Geh besser zu Fuß hin. Bei so was gibt es immer reichlich Schnaps." Nick grinste schadenfroh, das hörte Andrea seiner Stimme an.

„Für euch Männer, ja. Frauen müssen keinen Schnaps trinken", widersprach Eva.

„Glück gehabt", atmete Andrea auf. „Muss ich da was mitbringen?"

„Nein. Normalerweise laden sich alle gegenseitig ein, so dass sich das ausgleicht. Aber ich denke mal, bei dir ist das jetzt nicht schlimm, wenn du niemanden einlädst. Im ersten Jahr kennt man das ja noch nicht. Aber nächstes Jahr solltest du deine Nachbarn auch einladen. Das ist ja nichts Schlimmes: nur so eine Art ,wir wollen im neuen Jahr gute Nachbarn sein'."

„Kommt auf die Nachbarn an", brummte Nick dazwischen.

„Nick wird auch immer von seinen Stammkunden auf der Wache eingeladen", grinste Eva.

„Macht ihr das auch?" wollte Andrea von Eva wissen.

„Ja, klar. Das ist immer sehr schön…"

„Ihm war wohl langweilig", unterbrach Jo seine Frau begleitet vom fröhlichen Gebrabbel seines Sohnes. „Was gibt es?" wollte er wissen.

„Nur Brot."

„Hab auch nicht viel Hunger", stimmte er zu und küsste seine Frau. „Rührei können wir noch machen, Nick", beschloss Jo.

Andrea lachte: „Das war ein klarer Befehl. Danke, Eva. Guten Appetit."

„Warte", rief Nick. „Gib sie mir mal eben. – Andrea?"

„Ja?"

„Warst du noch bei Frau Liedner?"

„Ja. Sie hat mich noch mit Kaffee und Aufschnitt vollgestopft! Deren Aufschnitt ist richtig lecker!"

„Ich weiß", lächelte Nick. „Wie geht's ihr?"

„Ganz gut soweit. Sie ist ab und zu etwas durcheinander, trauert um ihren Mann, aber… Ich denke, sie wird es wohl verarbeiten."

„Mmh, gut…"

„Weißt du, woher sie kommt? Sie spricht auch Hochdeutsch."

Nick lachte auf: „Es gibt auch hier Leute, die Hochdeutsch sprechen. Aber du hast Recht: sie ist nicht von hier. Ich glaub, sie kommt aus dem Ruhrpott. Aber woher genau, weiß ich nicht."

„Ihr Mann hat im Lotto gewonnen. Wusstest du das?" fragte Andrea.

„Nein, das hat sie mir nicht erzählt. Viel?"

„Sechs Richtige: etwa sechs Millionen sagt sie."

Nick schwieg. „Davon hat sie eben nichts gesagt", murmelte er schließlich.

„Na ja, ihr Mann ist gestorben. Ich glaube, ich hätte so einen dämlichen Lottogewinn dann auch vergessen – es sei denn, ich hätte nur wegen des Geldes geheiratet", fügte sie grinsend an. „Aber dann hätte ich das auch nicht erzählt. Dann wäre ich ja direkt mordverdächtig."

Nick schmunzelte: „Denkst du an Fabian? Wenn du mir die Hälfte gibst, übersehe ich vielleicht, dass du ihn umgebracht hast. Verdient hätte er es."

Andrea lachte: „Vorsicht, Herr Polizeioberkommissar, das ist Anstiftung zu Mord unter Zeugen..."

„Wieso? Hast du drei Millionen? Außerdem gibt es keine Zeugen: bin im Flur. Dann steht Aussage gegen Aussage."

Andrea schwieg.

„Entschuldige. Aber verlang nicht von mir, dass ich verstehe, warum er dich so behandelt!"

Sie lächelte leicht: „Danke. Aber ich möchte im Moment einfach nicht darüber reden."

„Verstehe ich. – Liedner hat nicht erlebt, dass er im Lotto gewonnen hat", überlegte Nick. „Pia sagt, er muss zwischen 16 und 19 Uhr gestorben sein, also vor der Ziehung der Lottozahlen."

„Mmh, stimmt. Also ist er nicht wegen des Geldes umgebracht worden."

Nick lachte: „Du meinst, ich reg mich jetzt auf, weil du von Mord redest, obwohl Pia von natürlichem Tod ausgeht? Tu ich nicht!"

Andrea kicherte: „Schade. Warum nicht?"

„Um dich zu ärgern", grinste Nick.

Andrea lachte: „Das ist gemein. – Bekommt Frau Liedner den Lottogewinn obwohl ihr Mann vor der Ziehung tot war?"

„So genau kenn ich mich mit Lotto nicht aus, aber ich geh davon aus. – Ich muss wieder rein. Jo scheint das Rührei fertig zu haben."

Am frühen Nachmittag klingelte Andrea bei ihren Nachbarn. Drinnen erzählten und lachten die Gäste schon miteinander.

„Hallo. Frau Jansen, nehme ich an?" Eine etwa vierzigjährige Frau mit dunklem schulterlangem Haar öffnete die Tür.

„Ja. Hallo. Tut mir leid, ich bin etwas zu spät. Ich habe einfach den Weg bis zu Ihnen unterschätzt. Vielen Dank für die Ein…"

„Nein, nein, ich bin hier nicht die Gastgeberin. Kommen Sie rein. Pünktlichkeit ist nicht so wichtig! Hauptsache Sie kommen. Hallo, Sara Jangters. Ich wohne drei Häuser neben Ihnen, Richtung Stadt. Wir sind alle ganz neugierig auf Sie. Aber keine Angst: wir haben Manieren…"

„Wem willst du das denn glauben machen?" rief ein kleiner Mann mit rotem Kopf und breitem Grinsen.

„Na gut, nicht alle von uns", räumte Sara Jangters ein und stellte Andrea den Anwesenden vor.

Im Ganzen war das Treffen weniger steif, als Andrea es sich vorgestellt hatte. Es gab keine feste Sitzordnung am Tisch, es wurde nicht mal erwartet, dass sich alle zum Kuchenessen am Tisch einfanden. In kleinen Gruppen standen und saßen die Nachbarn beieinander, aßen Kuchen, tranken Kaffee und anderes, unterhielten sich und lachten miteinander. Andrea war nie lange alleine. Ihre Nachbarn lauerten fast auf den Moment, in dem sie sich Andrea vorstellen und ein paar Worte mit ihr wechseln konnten.

Als Andrea gerade über ein drittes Stück von dem herrlichen Apfel-Sahne-Kuchen nachdachte und sich die Kalorien von Weihnachtsessen und Silvesterfeier ins Gedächtnis rief, kam eine schlanke, dunkelblonde Frau zu ihr: „Frau Jansen?"

„Ja, genau. Hallo."

„Hallo. Ich heiße Hanne Giesbert. Wie gefällt es Ihnen?"

„Sie sind die Gastgeberin", stellte Andrea fest. „Sehr gut. Ich kannte das ja gar nicht. Aber es ist eine tolle Idee für eine gute Nachbarschaft! Und Ihr Kuchen ist super! Ich habe grade über ein drittes Stück nachgedacht, muss ich zugeben."

Hanne Giesbert lächelte: „Danke! Freut mich. Das Rezept ist von meiner Schwiegermutter. Ehrlich gesagt, kommt mir der Kuchen langsam zu den Ohren raus: seit ich das Rezept habe, darf ich keinen anderen Kuchen mehr machen, wenn meine Schwiegermutter kommt. Sonst gibt es langwierige Diskussionen. Aber sagen Sie das nicht weiter", zwinkerte sie. „Kommen Sie: ich führe Sie rum."

Erstaunt folgte Andrea der ruhigen, etwas distanziert wirkenden Frau. Sie hatte nicht damit gerechnet, mehr Räume als Wohn- und Esszimmer zu sehen. Die Frau schien etwas älter als Andrea zu sein.

Der Küche widmete Hanne Gisbert nur einen kurzen Moment: „Hier, die Küche. Sind Sie so verrückt nach Küchen wie die meisten Frauen?"

Erstaunt kicherte Andrea: „Nein. Sie müssen nur praktisch sein, finde ich."

„Ja, sehe ich auch so. Man steht den ganzen Tag darin – gerade wenn man Kinder hat – und dann soll man auch noch jedem begeistert seine Küche zeigen. Das wichtigste an meiner Küche ist die Terrassentür. Sehen Sie: die beiden Blondschöpfe sind von uns. Tim und Nadine."

Andrea lachte, als sie aus dem Fenster in den Sandkasten sah: „Die sehen ja lecker aus!"

Hanne Giesbert lächelte: „Mmh. Bin gespannt, was Gabi dazu sagt. Von ihr sind die drei mit den neuen, roten Jacken. Die kleine Rothaarige, da rechts von den zwei Rabauken, ist von Manuela und Heini. Ich glaube, die weiß gar nicht, wie man sich richtig dreckig macht."

„Solche Kinder waren mir schon immer unheimlich", stellte Andrea fest.

Hanne Giesbert nickte: „Ja, mir auch. Aber Hauptsache, sie fühlen sich wohl. Kommen Sie: die Männer und die größeren Kinder sitzen in Bennis Arbeitszimmer oder spielen im Keller Kicker und Billard. – Ben, mein Mann, hat Schreiner gelernt: er hat die Tische selbst gebaut. Das ist sein Hobby", fügte die etwas steife Frau hinzu, als Andrea sie erstaunt ansah.

Müde ließ Andrea sich abends auf ihr Sofa fallen. Begeistert sprang Samira auf ihren Bauch. Sie knetete mit den Pfoten Andreas Bauchdecke, bis Andrea sich beschwerte, dann legte sie sich laut schnurrend hin. Mit genüsslich geschlossenen Augen ließ sie sich von Andrea kraulen. Bis zum späten Nachmittag war Andrea auf dem Treffen der

Nachbarn geblieben und hatte sich gut unterhalten. Große Aufregung hatte es gegeben, als jemand erzählte, dass Ludwig Liedner tot war. Andrea hatte zugehört, aber nichts Neues über den Mann erfahren. Beim Abschied hatte Hanne Giesbert erklärt, dass die nächsten Treffen in den folgenden Tagen nicht so lang sein würden, da die meisten arbeiten müssten.

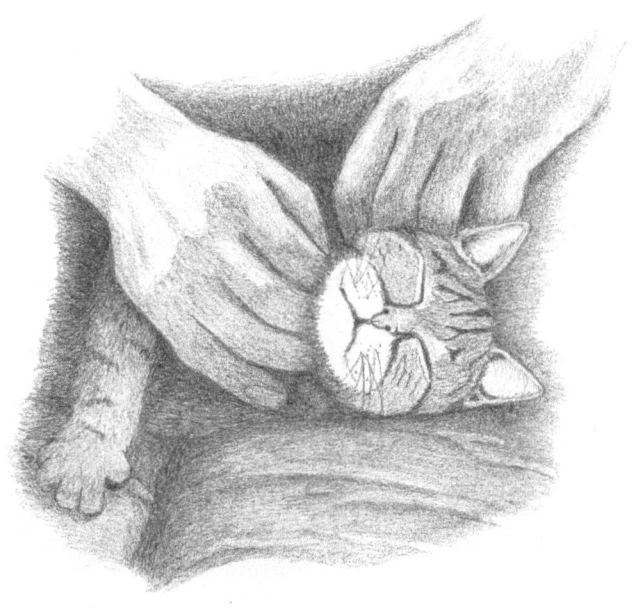

„Kind! Kind! Haste jehört? Biste schon wieder doa? Haste jehört? Dä Liedner-Ludwie is kaputt. Ehrlich kaputt. Bis du in Urlaub jewesn?"

Andrea seufzte. Zwei Schritte trennten sie von der Eingangstüre zu ihrem Arbeitsplatz. Aber so musste sie sich nicht bei Herrn Hofmeister entschuldigen: er konnte sehen, warum sie zu spät kam. „Frohes neues Jahr, Frau und Herr Leuter", wünschte Andrea freundlich. „Sind Sie gut rein gekommen?"

„Äh… äh… joa sind wir, sind wir. Haste jehört, Kind, dä Liedner-Ludwie is tot. Un weißte, wie dat passiert is? Ich sach et disch: de war schtiif verviiert! Äh… starr vor Schreck! – So einfach is dat! Jawoll!"

„Ijaa, weißte", mischte Herr Leuter sich in seiner sehr bedächtigen Art ein. „Weißte, de hat mittachs un abends warm jejesse. Mittachs un abends! Ehrlich!!! Un dann…"

„Un dann hat de abends von dat Heide ein richtich dicke Värkeshaas… äh, Schweinebrate jekricht. Un weißte, wi unjesund dat für der war? Mit dat fette Kusch in der Bauch is de dann wieder pujake… arbeite… jejange. Ijaa, der macht dat immer: nach dem Abendbrot noch wat arbeite jehn…"

„Un in dem seine Kühlhaus is et dunkel! Jlaub mich dat! Tsappenduster!…"

„Un doa hat der de Magen voll… dat Blut is schon in der Magen, weißte, alles in de Magen un nich in der Kopp. Un et is kalt un dunkel un dann… Patsch!"

Beide Leuters klatschten in die Hände, als wollten sie einen Zusammenprall andeuten. Zwei sonst versteckt liegende Augenpaare sahen Andrea groß und erwartungsvoll an.

Leuters gaben sich schon eine ganze Weile keine Mühe mehr, verständliches Platt zu sprechen. Scheinbar war Andreas Schonzeit vorbei. Von Vorteil für die Verständlichkeit war, dass beide immer stark gestikulierten. Verwirrt überlegte Andrea, was sie nicht verstanden hatte: Liedner hatte fett gegessen, war dann zum Arbeiten ins kalte, dunkle Kühlhaus gegangen und weil sein Blut im Magen und nicht im Kopf war, war er nach einem Zusammenprall gestorben? Womit sollte er zusammengeprallt sein?

„Na, Kind, de hat jedacht, doa is eine un hat sich erschreckt!" Frau Leuter deutete sehr überzeugend ein Zusammenschrecken an.

Herr Leuter erklärte: „Abba doa war keine! Weißte? Doa war keine jewesn."

Andrea kapitulierte: Leuters hatten wahrscheinlich in der Nacht schon ihre neueste Cannabis-Ernte verraucht und halluzinierten jetzt mehr als sonst.

„De hat bloß so ne halbe Kusch... Kusch is Schwein... jesehn, dat doa in dem seine Kühlhaus am hänge jewesn war. Doa hat de sich erschreck un war kaputt."

Andrea atmete auf: Leuters hatten doch nicht gekifft. Sie unterstellten, Liedner hätte sich im Dunkeln vor einer Schweinehälfte in seinem Kühlhaus erschreckt und wäre gestorben.

„Un vielleich hat de jedacht, de Apotheker in Heidberch war doa in dat Kühlhaus jewes. Weißte: de hat Ärjer mit dem jehabt – sagen se…"

„Joa, weje Jeld!" mischte Frau Leuter sich sensationslüstern ein.

Andrea schüttelte unwillig den Kopf: der Apotheker des Nachbarortes sollte sich in Liedners Kühlhaus versteckt haben, um Liedner zu Tode zu erschrecken? Wegen Geld? Pia hätte Anzeichen für einen Herzinfarkt gefunden.

Leuters registrierten Andreas Unglauben sofort und beendeten das Thema. Frau Leuters Gesichtsausdruck wechselte zu verschwörerisch und vertraulich: „Sach, Kind, de Nick… biste mit dem in Ferije jewes? Wenn isch so `n jung Dinge wär wi du, isch wär mit dem in Ferije jejange. So ne lecker Kerl!!! Nee, echt: so en tolle Kerlche! Haste dat Pööcke jesehn? Un weißte, dann muss du dem dat so richtich schön un warm machn. Un ne lecker Esse… Richtich schön warm, dat de sich pudelisch jut fühlt. Un dan…"

„Frau Leuter, Herr Leuter, entschuldigen Sie mich bitte, ich muss jetzt arbeiten. Ich bin schon zu spät. Bitte entschuldigen Sie." Andrea ging um das kleine Ehepaar herum. Sie wollte von Leuters keine Tipps bekommen, wie sie Nick oder sonst einen Mann verführen musste.

„Sach, Kind, is de Nick niks für disch? Weißte, isch bring dem immer Butterbrote un sach, dat di von disch sind…"

Andrea sah die alte Frau Leuter sprachlos an.

„Dat muss isch joa wisse. Wenn du dem schlecht leide tus, kann isch misch di Umstände ja spare."

Mittwoch traf Andrea Nick bei Frau Liedner. Andrea wollte nach ihr sehen.

Nick saß schon am gedeckten Tisch in der Küche und grinste breit: „Du kommst nur, weil du noch etwas von dem leckeren Aufschnitt haben willst."

„So wie du?" gab Andrea ebenso grinsend zurück. Sie sah ihn gerne mit guter Laune. „Ich wollte nur nach Frau Liedner gucken. Wo ist sie denn nun?"

„Ich komme sofort… Ich muss nur eben…" rief Frau Liedner von irgendwo her.

„Sie hat Diabetes und spritzt Insulin. Seit Jahren schon", erklärte Nick.

Andrea setzte sich zu Nick an den Tisch: „Was machst du hier?"

„Die Obduktion ist abgeschlossen und der Leichnam wird wahrscheinlich in den nächsten Tagen frei gegeben."

„Natürlicher Tod?"

„Mmh, Herzversagen."

„Warum passiert so was so plötzlich? Ohne Vorwarnung?"

„Es gab bestimmt Vorzeichen, die er ignoriert hat."

„Stimmt wahrscheinlich", gab Andrea zu. „Wie geht's ihr?" wollte sie von Nick wissen. Mit einem Kopfnicken wies sie in die Richtung, aus der Frau Liedners Stimme gekommen war.

„Ich denke ganz gut. Bin nur zwei Minuten länger hier als du. Hab noch nicht so viel mit ihr gesprochen."

Frau Liedner freute sich über die Nachricht, dass sie ihren Mann in den nächsten Tagen beerdigen konnte. Es bereitete ihr Unbehagen, dies noch nicht getan zu haben. Andrea verstand sie: ihre Oma hatte es auch nicht abwarten können, ihren Mann zu begraben und die unangenehme, traurige und aufwühlende Begräbnisfeier hinter sich zu bringen. Vor dem Begräbnis hatte Andrea ihre Oma für anstandslos und gefühllos gehalten. Nachher wusste sie, dass ihre Oma recht gehabt hatte.

„Nick?"

„Mmh?" Er blieb an seinem Geländewagen stehen. Er trug immer noch die Uniform, die ihm zu groß war. Die Länge stimmte, die Breite jedoch nicht. Andrea hatte nur selten gesehen, dass er in Uniform seinen Privatwagen fuhr.

„Ich hab vor ein paar Tagen mit Leuters gesprochen. Frau Leuter bringt dir Butterbrote?"

Nicks Abwehr nach der Erwähnung des Namens ‚Leuter' schlug in ein breites Grinsen um: „Ja. Sie sagt, die wären von dir."

„Und du glaubst ihr das?" Andrea war erstaunt.

Nick lachte auf: „Nein. Ich…"

„Warum sagst du nichts? Ich hätte ihr doch gesagt, das zu lassen."

„Deshalb ja! Die Dinger sind heiß begehrt! Olaf hat mir für zwei davon schon die Nachtschicht abgenommen."

Andrea kannte die Butterbrote von Leuters. Sie hatte ein paar Mal bei dem Ehepaar essen müssen und sich Wasser gewünscht, damit das trockene Brot und der alte Käse besser rutschten. Entsprechend skeptisch sah sie Nick jetzt an.

Der versicherte: „Die sind wirklich gut! Ich habe auch schon mal bei denen Zuhause gegessen. Aber die Butterbrote, die sie mir in deinem Namen bringt, sind ganz anders. Vielleicht kauft sie die auch irgendwo. Du kannst sie auf jeden Fall nicht mit deren Hauskost vergleichen. Ich bring dir mal eins mit", bot er an.

Andrea blieb skeptisch: „Ich weiß nicht. Sie macht das, weil… na ja. Weißt du, was da drin ist?"

„Du meinst, sie mischt irgendwelche Aphrodisiaka unter?" amüsierte sich Nick. „Vielleicht sollte ich mal eins ins Labor schicken?"

Andrea schwieg. Auch wenn Nick wusste, dass die Brote nicht von ihr waren und sich anscheinend die ganze Polizeiwache von Niederheid über diese vermeintlichen Liebesgeschenke freute, gefiel es ihr nicht.

„Was stört dich daran?" fragte Nick, der ihr Gesicht beobachtet hatte.

Sie zuckte mit den Schultern: „Keine Ahnung. Es ist Betrug. Und…"

„…und es ist dir unangenehm, weil die Leuter dich mit mir verkuppeln will?" riet der große Mann.

„Ja!" erklärte Andrea leise.

Er lächelte: „Also ich freue mich über die Butterbrote. Dass sie nicht von dir sind, wusste ich von Anfang an. Aber wenn es dir so unangenehm ist, sag ich Frau Leuter, dass sie das lassen soll. – Allerdings ist dann die ganze Wache sauer auf mich…"

„…oder auf mich."

Nick musterte die zierliche Blondine mit dem starken Gerechtigkeitssinn. Unter dem dicken Mantel konnte man nicht erkennen, dass sie kräftiger geworden war, weil sie Jo und Eva im Kuhstall half.

„Komm, jetzt lass den Kopf nicht hängen. Wir können uns auch selbst Butterbrote machen. Das bringt keinen von uns um. Ich red mit Frau Leuter."

„Tut mir leid", murmelte sie.

„Quatsch! Ich hätte das schon lange unterbinden müssen. Aber ich habe gedacht, für die vielen Male, die die mir auf die Nerven gegangen sind, kann ich die Butterbrote wohl annehmen."

Andrea kicherte: „Da hast du eigentlich recht. Aber nett ist es trotzdem nicht…"

„Das habe ich auch nicht behauptet", zwinkerte der Polizist fröhlich.

Es faszinierte sie jedes Mal aufs Neue, dass seine Augen mitlachten. „Wenn du das weißt, ist es ja gut. – Was soll's: ich red mit ihr. Wenn ich denke, dass ihr dick genug geworden seid."

Nick grinste: „Sicher? Das kann eine Weile dauern: wir müssen uns fit halten."

Andrea lachte auf: „Natürlich! Sicher lauft ihr alle jeden Tag fünf Runden um den Sportplatz..."

„Zehn", feixte Nick.

„Na klar! – Wenn ihr genug Butterbrote bekommen habt, sag ich Frau Leuter einfach, dass dein ‚lecker Pööcken' zu dick geworden ist. Dann hört sie sofort mit den Broten auf." Andrea versuchte, Leuters Sprache zu imitieren, schaffte es aber nicht ganz.

Nick schwieg. Sollte er sich freuen, weil Andrea ihn aufziehen konnte oder sollte er...

Andrea lachte: „Beruhige dich. Sie erzählt mir jedes Mal, wie toll du aussiehst!"

Das beruhigte Nick kein bisschen und amüsierte Andrea umso mehr.

Auf dem Weg zurück in die Stadt bog Andrea plötzlich auf einen Parkplatz im Wald ab. Nick folgte ihr. Was hatte sie nun wieder? Diese Frau erstaunte ihn immer wieder. Sie dachte schnell, viel und kompliziert. Meistens musste sie nur über ihre Gedanken reden. Selten erwartete sie, dass er etwas tat.

„Was ist los?" wollte er wissen, als er zu ihr an den dunklen Audi trat.

„Das Auto stand Sonntag schon hier, genau hier, als wir von Frau Liedner zu Eva und Jo gefahren sind."

„Ja, und? Hier stehen jeden Tag die gleichen Leute, die mit ihren Hunden spazieren gehen oder joggen."

„Ja, aber der Wagen steht genau am gleichen Platz: immer noch mit dem einen Reifen auf dem Ast, und er ist nicht von hier."

„Dann hat sich hier jemand für eine Fahrgemeinschaft nach Paris getroffen – für drei Wochen."

„Woher weißt du das?"

„Ist geraten. Kann aber doch sein!?"

„Mmh, stimmt. Frag doch mal nach, wem der Wagen gehört."

Nick sah sie an. Das verlangte sie jetzt nicht wirklich?!

Sie lächelte und hob ihr Handy ans Ohr: „Ich mach schon. Marion? Hallo. Du, ich habe ein Auto zerkratzt. Hier auf dem Parkplatz im Wald. Kannst du mir sagen, wem der Wagen gehört? Wenn ich hier einen Zettel an die Windschutzscheibe klemme, ist der in zwei Stunden weggeflogen oder vom Regen aufgeweicht. – Ja, danke! Die Nummer ist ‚DO-GG-359'. – Danke, Marion! Wir gehen doch nächsten Freitag was trinken? – Gut, bis dann."

Fassungslos hatte Nick zugehört. Als sie ihn nach dem Telefonat froh über ihren Erfolg anstrahlte, vergaß er seinen in Gedanken vorbereiteten Tadel.

„Hallo Frau Gutzhenry. Mein Name ist Andrea Jansen. Sagen Sie, ist Ihr Mann zu sprechen?" Andrea schaltete bei ihrem Handy den Lautsprecher ein, so dass Nick mithören konnte.

„Mein Mann?? Äh… Mein Mann ist da, ja. Worum geht es denn?"

„Ich habe einen Kratzer in sein Auto gemacht…"

„In sein Auto? Das ist gestohlen worden."

Nick wurde hellhörig. „Gestohlen? Es steht hier vor mir, auf einem Parkplatz im Wald", wunderte sich Andrea.

„Wie… Warum… Wo sind Sie?"

„In Niederheid, süd-westlich von Duisburg."

„Nicht in Holland?"

Andrea kicherte: „Nein, nicht in Holland. Aber fast."

„Wieso… Also… Wie kommt das Auto dahin? Es wurde ihm vom Geschäftsparkplatz gestohlen, letzte Woche."

„Ich werde die Polizei verständigen", erklärte Andrea und verabschiedete sich von der Frau.

Nick seufzte: „Ich hab gedacht, es würde ein ruhiger Nachmittag werden." Er rief seine Kollegen an.

Als er auflegte, lächelte Andrea ihn entschuldigend an: „Tut mir leid, Nick. Es war…"

„Hattest ja Recht. Guck, dass du nach Hause kommst. Es gibt Schöneres, als ein gestohlenes Auto zu finden und nervige Polizeiarbeit zu bestaunen."

„Warum bist du Polizist, wenn du die Arbeit nicht magst?"

„Ich mag meine Arbeit. Aber nicht den Papierkram. Ein gestohlenes Auto ist nur Papierkram und hat nichts mit den Menschen zu tun."

Andrea lächelte: „Dann sei doch froh: wenn es nichts mit Menschen zu tun hat, ist niemandem wehgetan worden. Bis später!"

Wieder mal sprachlos sah Nick ihrem alten, klapprigen Opel nach.

Nach dem ‚Neujahrs-Willkommen' bei ihren ältesten Nachbarn zehn Häuser weiter fuhr Andrea nach Hause. Sie hatte zu viel Kuchen gegessen und zu viel Kaffee getrunken. Das Treffen war anstrengend gewesen, weil hauptsächlich alte Menschen gekommen waren. Sie hatten meistens nur dieses kaum verständliche Platt gesprochen, das auch Leuters sprachen. Und sie hatten sich alle gefreut, sie kennenzulernen und mit ihr sprechen wollen. Jetzt kannte Andrea die Bauernregeln der Region, die Prognosen für das Wetter des ganzen Jahres und die Krankengeschichte von etwa zwölf Menschen und deren Kindern und Enkeln. Nur einer hatte nicht über Krankheiten und nur wenig über Wetter und Familie gesprochen: der ehemalige nautische Offizier eines Kriegsschiffs im zweiten Weltkrieg. Herr Friedrichs hatte ihr viel über Blumen und Pflanzen am Niederrhein erzählt und warum das milde, schmuddelige Wetter zurzeit so große Probleme verursachte. Sie hatte nicht alles behalten, aber sie sorgte sich nun um die sprießenden Zwiebelpflanzen und die aufspringenden Knospen von Weidenkätzchen und anderen Sträuchern. Sehr interessante Dinge hatte Herr Friedrichs erzählt. Seine Einladung, ihn besuchen zu kommen, hatte sie gerne angenommen.

Nicks Auto stand vor ihrer Wohnung. Sie freute sich über seinen Besuch. Seine Gesellschaft war immer angenehm. Mit ihm war es nie langweilig.

Als sie ihr Auto geparkt hatte, trat der Polizeioberkommissar zu ihr: „Hallo. Wo kommst du denn so spät noch her?"

„Hi! War bei Grits zum ‚Neujahrs-Willkommen' eingeladen. Ich versteh nur noch Platt. Was machst du hier?"

„Komm disch besuche. Hab jedacht, isch krich bei disch n Bier un wat nette Jesellschaff", erklärte er in perfektem Platt. Er grinste schadenfroh, als er Andreas genervtes Gesicht sah.

„Sch... Hab vergessen, dass du den Kauderwelsch auch sprichst! Lass uns Hochdeutsch reden: mein Gehirn ist schon völlig verknotet. Komm rein. Bier?"

„Kann ich dir helfen?" fragte Nick, nachdem er eine Weile beobachtet hatte, wie sie in der Küche umherlief. Sie hatte zwei Flaschen Bier geöffnet, ihm eine gegeben und einen Stuhl am Küchentisch angeboten und sich dann entschuldigt, sie müsse etwas aufräumen.

„Nein. Danke. Bin gleich fertig. Muss das nur eben fertig machen, weil ich das in den nächsten Tagen nicht schaffe. Tut mir leid, dass ich es so ungemütlich mache..."

Nick lachte: „Tut mir leid, dass ich dich so überfalle und unangemeldet herkomme! Ich kann dir wirklich helfen."

„Nein, bin fertig. Morgen muss ich direkt nach der Arbeit zu Beiersdroff und Freitag zu Leckrenbäumer."

„Leckrenräumer", verbesserte Nick automatisch. „Die haben dich auch eingeladen?"

„Mmh. Warum? Tun die das sonst nicht?"

Er zuckte mit den Schultern: „Die sind normalerweise sehr fremdenscheu. Aber die richten tolle ‚Neujahrs-Willkommen' aus."

„Bin froh, wenn das zu Ende ist. So viel habe ich noch nie gegessen."

Nick lachte: „Ich kenne keine Frau, die so viel essen kann wie du. Und die so gerne isst. Die meisten haben immer Angst um ihre Figur."

„Aber im Moment ist es mir doch zu viel. Hab jeden Abend das Gefühl, mein Bauch würde platzen. Sollen wir rüber gehen?"

Nick war einverstanden. Er mochte ihre Wohnung. Die Küche war ordentlich, sauber und gemütlich. Er saß gerne in ihrer Küche. Noch lieber ließ er sich aber in ihren Sessel im Wohnzimmer fallen. Mit dem Bier in der Hand sah er zu, wie sie es sich auf dem Sofa, unter einer Decke gemütlich machte.

„Willst du auch eine Decke? Es dauert ein bisschen, bis die Heizung warm wird."

Er schüttelte den Kopf.

„Hast du Hunger? Hab ich ganz vergessen zu fragen. Ich bin so vollgefressen..."

„Nein, danke."

Als ein leises Maunzen von der Fensterbank ertönte, lachte Nick auf. Andrea hatte sich gerade in ihre Decke gekuschelt und war mit ihrer Situation zufrieden. Jetzt sah sie vorwurfsvoll zum Fenster.

„Bleib liegen. Ich mach ihr auf", grinste er.

Selbstbewusst sprang die graue Tigerkatze Samira in den Raum. Sie maunzte und miaute, als erzählte sie, was sie den ganzen Tag gemacht hatte.

„Hallo Sammy. Dich habe ich ja lange nicht gesehen", freute sich Nick.

Samira drehte sich erstaunt um und lief dann mit leichten Schritten zu ihrem besten Freund. Sie strich ihm laut schnurrend um die Beine.

„Kaum bist du da, bin ich völlig nebensächlich", stellte Andrea an Nick gewandt fest.

Der lachte: „Komm, Sammy, wir setzen uns."

Die Katze war einverstanden und sprang auf Nicks Schoß, als er wieder auf seinem Sessel saß.

„Hallo Samira", sagte Andrea, wurde aber mit süß-verzücktem Gesicht ignoriert: Nick kraulte die Katze hinter den Ohren.

„Schmelzen alle Frauen so schnell in deinen Händen?" stichelte Andrea.

Nick grinste.

„Das heißt ‚ja', oder?"

Er lachte: „Natürlich! Was denkst du denn?"

„Ich denke, du übertreibst. – Hast du noch was von Susi gehört?" Als Andrea nach Niederheid gekommen war, wurde Nick nachgesagt, eine Beziehung mit Susi zu haben. Andrea hatte die Frau nie gesehen und Nick sämtliche Beziehungsgerüchte bestritten.

„Nein. Aber die Gerüchte, dass sie einen Freund haben soll, waren wohl falsch."

„Wie stellst du dir eigentlich deine Zukunft vor? – Ich meine: willst du mal heiraten und Kinder haben?"

„Ja. Auf jeden Fall."

„Mau!" bestätigte Samira Nicks Antwort.

Zweifelnd sah Andrea ihn an: „Wirklich?"

„Ja. Ist das so schlimm?"

„Brruh", erklärte Samira.

Andrea zuckte mit den Schultern: „Ich kann es mir im Moment nicht mehr vorstellen."

„Mmh, weil du einen dämlichen Freund hast, der dich nicht verdient!"

„Mrrrrau!" bekräftigte Samira und sah Andrea mit ihren gelben Augen an.

Die nickte nur langsam.

„Hast du ihn immer noch nicht erreicht?"

Sie spürte, wie er sie mit seinen ruhigen, braunen Augen beobachtete. Sie schüttelte den Kopf.

„Sammy, hast du keinen Hunger?" wechselte Andrea das Thema.

Samira reagierte nicht.

„Irgendwann musst du darüber reden und das klären", brummte Nick.

Andrea sah ihren besten Freund in der niederrheinischen Gemeinde an. Sie schwieg.

„Was sagt Anna denn?"

Anna war Andreas beste Freundin seit Kindertagen. Andrea schwieg weiterhin.

„Warum streitest du dich mit Anna, wenn Fabian der Idiot ist?"

„Wir haben uns nicht gestritten", murmelte sie leise. Sie fühlte sich mit einem Male klein und schutzlos.

„Was war dann?"

„Sie… sie sagt, ich wäre blöd, wenn ich nicht Schluss mache."

Gerade eben schaffte Nick es, Anna nicht aus vollster Überzeugung zuzustimmen.

„Sie hat ja recht", murmelte Andrea. „Aber… aber doch nicht am Telefon… oder per SMS…"

„Ich glaube, das kannst du mittlerweile ohne schlechtes Gewissen machen. Mehr hat der nicht verdient."

Andrea schwieg.

„Das Auto im Wald", wechselte Nick das Thema und Andrea war ihm dankbar dafür. „So langweilig war das gar nicht."

„Warum?"

„Da ist eine Leiche im Kofferraum."

„Was? Echt?"

„Mmh. Morgen kommt ein Kommissar aus der Stadt."

„Mord?"

„Ja, auf jeden Fall."

„Warum ‚auf jeden Fall'? Steckt das Messer noch zwischen den Rippen?"

„Nee. Aber die Kugel im Kopf."

„Kugel!? Erschossen?"

„Mmh."

Andrea schwieg einen Moment. „Vielleicht ein Jagdunfall?" überlegte sie.

Nick schüttelte den Kopf: „Und den Typen dann aus dem Wald schleppen, in den Kofferraum hieven und auf den Parkplatz stellen? Dann lass ich die Leiche doch lieber im Wald liegen und hoffe, dass die aufgefressen wird, bevor jemand die findet."

„Das geht nicht so schnell", widersprach Andrea.

„Und welcher Städter weiß das? Das Auto ist aus Dortmund."

„Ich", triumphierte sie.

Nick blieb gelassen: „Aber nur, weil Jo so viel vom Jagen erzählt. – Es ist wahrscheinlich eine 9-mm-Kugel. Das ist keine Jagdmunition."

„Zumindest nicht für Tiere", überlegte Andrea.

„Was willst du damit sagen?"

„Ist das nicht die gängige Polizeimunition?"

Nick sah sie erstaunt an. Schließlich murrte er: „Was soll das denn heißen? Dass wir Menschen jagen? – Das ist die am weitesten verbreitete Munition. Nicht nur bei Polizei und Bundesbehörden. Bei der NATO ist das auch das gängige Kaliber."

„Ich wollte euch nichts unterstellen", lächelte Andrea. „Ich habe nur laut überlegt, was ich über 9-mm-Kaliber weiß. Und mehr weiß ich auch nicht. – Aber das kann doch auch ein Unfall gewesen sein, oder? Zwei Sportschützen oder so und aus Versehen löst sich ein Schuss im falschen Moment."

„Dann ist das immer noch grob-fahrlässige Tötung und das Verstecken der Leiche eine Straftat! Aber es war kein Unfall. Man kann den Abdruck der Waffe an der Schläfe sehen."

Andrea stockte der Atem: „Vorsätzlicher Mord?"

„Mmh. Und kaltblütig."

„Hast du eine Ahnung, warum?"

„Nein. Drogen, schätze ich, so nah an der niederländischen Grenze. Aber die KT untersucht das Auto noch."

„Hat der Tote oder dieser Gutzhenry Verbindungen nach hier?" fragte Andrea nach einer Weile.

„Muss ich noch prüfen", brummte Nick. „Der Tote ist noch nicht identifiziert."

Kapitel drei

In der Mittagspause suchte Andrea in ihrem Handy die Telefonnummer, die sie angerufen hatte, als sie das Auto im Wald gefunden hatte. Sie rief wieder an.

„Gutzhenry!"

„Jansen, guten Tag. Ich hatte Sie gestern wegen des Autos angerufen. Ich wollte nur fragen, ob Sie Ihr Auto wiederhaben?"

„Wollen Sie Finderlohn? Wir haben den Wagen noch nicht! Wir... wir stecken jetzt mitten in der Sch...! Wegen Ihnen!"

„Warum? Ich habe doch die Polizei verständigt, damit die Ihnen Ihren Wagen wiederbringen."

„Na toll!!! Und vorher haben Sie noch eben Ihre Leiche in unserem Auto versteckt, um uns das anzuhängen... Und dann so scheinheilig hier anzurufen! Was für eine Frechheit! Ich werde Sie anzeigen! Sie haben den Mann umgebracht! Wie war Ihr Name?"

„Ich habe niemanden umgebracht, Frau Gutzhenry! Warum sollte ich?!"

„Weiß ich doch nicht! Vielleicht wollten Sie ja Ihren Mann loswerden, weil Sie einen Neuen haben?"

Andrea schwieg perplex. Wie kam Frau Gutzhenry darauf?

„Nein? War es nicht Ihr Mann? Vielleicht war es
ja Ihr Vater und jetzt erben Sie? WIR haben jedenfalls NICHTS mit dem Toten zu tun!"

„Das habe ich auch nicht behauptet", murmelte
Andrea und wollte sich verabschieden.

„Warten Sie!" rief Frau Gutzhenry.

„Ja?"

„Warum lag da ein Toter in unserem Auto?"
Jetzt klang die Frau verzweifelt, nicht mehr aggres-
siv.

„Das weiß ich nicht."

„Die wollen meinen Mann sprechen... Die..."

„Ist er festgenommen?"

„Nein... Weiß ich nicht! Können Sie nicht was
machen?"

„Wie... äh... Was soll ich denn machen?"

„Sie haben den Wagen doch gefunden! Sie können doch..." Scheinbar fiel der Frau auf, dass ihre
Bitte absurd war. Sie verabschiedete sich schnell.

Freitag sortierte Andrea in ihrem kleinen, aber
schon etwas weniger vollgestopften Büro im Haus
des Notars Hofmeister neue Informationen in die
entsprechenden Fallakten ein und erledigte einige
Anrufe, die mehr Details zu eingegangene Streit-
fälle brachten. Es war ein ruhiger Nachmittag. Hofmeister und seine Frau waren nicht da. Sie be-

suchten ihre Tochter und deren Familie. Herr Hofmeister, Andreas Chef, hatte ihr einen ruhigen Januar prophezeit. Er hatte die Erfahrung gemacht, dass die guten Vorsätze für das neue Jahr die Menschen davon abhielten, Streitigkeiten mit Hilfe eines Schlichters klären zu wollen. Dafür könnte der Februar umso anstrengender werden: wenn die Bauern wegen des Wetters nicht auf dem Feld arbeiten konnten und den bekannten Streithähnen ihre guten Vorsätze zu anstrengend wurden, würden die Emotionen hoch kochen.

Andrea kümmerte das nicht. Sie genoss die ruhige Zeit. Sie hatte keine Lust, sich die Laune durch mögliche unruhigere Zeiten in der Zukunft verderben zu lassen. Sie machte früher als sonst Feierabend, ging noch einkaufen und rief Anna an, als sie Zuhause war. „Hallo, Anna. Wie geht's dir?"

„Hey! Schön, dass du anrufst", freute sich ihre beste Freundin. „Gut! Hab noch Urlaub und Sophie macht Urlaub bei Mama und Papa. Hab richtig viel Zeit für alles, was ich schon immer machen wollte."

Andrea grinste: „Und machst du das auch?"

Anna seufzte: „Nein, irgendwie nicht. Sophie fehlt mir. Und irgendwie sitze ich nur auf der Couch und lese. Schade, dass du nicht länger Urlaub hattest!"

„Mmh! Stimmt! Aber du hättest mit nach hier kommen können."

„Mmh", stimmte Anna zu. Beide wussten, warum sie das nicht getan hatte: Andrea war sauer gewesen, dass Anna sie gedrängt hatte, Fabian zu verlassen.

„Und wie geht es dir?" fragte Anna um das Schweigen zu beenden.

„Geht so. Hab nicht viel zu tun und... und du fehlst mir. Interessant sind diese ‚Neujahrs-Willkommen', die die hier machen." Andrea erzählte Anna davon, behielt aber die Uhr im Auge, weil sie in einer Stunde zum ‚Neujahrs-Willkommen' bei Leckrenräumer gehen musste.

„Wie geht es Jo, Eva und dem Baby denn?" wollte Anna wissen.

„Gut! Ich glaube, wenn Jo wieder aufs Feld kann, nimmt Eva den Kleinen sofort mit in den Stall, aber sonst..."

„Warum erst, wenn Jo wieder aufs Feld kann?"

„Weil er sonst mit ihr schimpft und sie wieder reinschickt. Er will immer noch, dass sie sich schont und sich um den Kleinen kümmert. Aber Eva will wieder arbeiten. Ich bin mal gespannt, wie das weitergeht. Aber dem Kleinen geht es gut! Der ist schon ganz schön gewachsen und lacht eigentlich immer."

„Und Nick? Ist er neidisch?"

Andrea lachte: „Weiß ich nicht. Ich glaube ein bisschen. Aber hauptsächlich freut er sich, wenn er den Kleinen wieder abgeben kann, wenn er schreit. – Aber im Moment hat er viel Arbeit: hier ist eine Leiche gefunden worden."

Andrea erzählte, was sie über das Auto auf dem Parkplatz im Wald wusste.

Ihre Freundin hörte aufmerksam zu. Schließlich fragte sie: „Weißt du, wer ermittelt?"

„Nein. Heute sollte ein Kommissar hierher kommen. Ich hab heute aber noch nicht mit Nick gesprochen."

„Wie heißt der Tote?"

„Weiß ich nicht. Willst du dir den Fall jetzt angucken? Du hast Urlaub und bist Zuhause!"

„Ich kann es mir doch trotzdem angucken", erwiderte Anna. Andrea hörte, wie sie verschiedene Tasten auf einer Tastatur drückte. „Weißt du irgendwas, was mir hilft, den Fall zu finden?"

„Der Wagen ist ein schwarzer Audi A5 oder A6 aus Dortmund und gehört einer Familie ‚Gutzhenry'."

„Hab ich gefunden", verkündete Anna nach wenigen Minuten. „Er ist erschossen worden, Kaliber 9."

„Mmh, hat Nick erzählt." Anna schwieg. Sie las scheinbar. „Nur ein Schuss, aufgesetzt..." murmelte sie.

„Steht da noch was drin?" wollte Andrea wissen.

„Bisher nicht viel. Sie wissen noch nicht, wer der Tote ist, weil sie keine Papiere gefunden haben. Am und im Auto sind nur seine Fingerabdrücke. Aber er lag ja auch im Auto. Frau Gutzhenry ist nicht sehr auskunftsfreudig. Sie scheint sehr verwirrt zu sein. Und ihr Mann ist geschäftlich in Berlin."

„Aber der war doch da, als ich da angerufen habe!?"

„Keine Ahnung. Hier steht, dass er in Berlin auf einer Messe ist."

„Drogen? Nick dachte, das wäre vielleicht ein Motiv", meinte Andrea.

„Nee. Ist nichts gefunden worden. Auch kein Geld, um die Drogen zu bezahlen."

„Raubmord?"

„Nein. Wären Drogen gestohlen worden, hätte die KT Spuren von Drogen gefunden. Und ein Schuss in die Schläfe mit aufgesetzter Waffe ist emotional. Diebe drohen nur mit der Waffe oder erschießen jemanden, wenn sie in die Enge getrieben werden. Aber dann nicht aus nächster Nähe. Das war Absicht."

„Mord?"

„Ja. Ziemlich hasserfüllt auch, würde ich sagen: du siehst aus nächster Nähe, wie du einem anderen Menschen das Leben nimmst. Du siehst die ganze Angst und Verzweiflung im Gesicht des Anderen und drückst trotzdem ab. Dafür musst du schon ziemlich abgebrüht sein. – Ah, das LKA übernimmt den Fall. Hab ich mir schon gedacht, als ich gehört habe, dass der Wagen aus Dortmund ist..."

„Dann kommt Heinrich?" fragte Andrea unwillig. Sie kannte Herrn Heinrich vom LKA. Zwei Mal schon hatte sie mit ihm zu tun gehabt und diese Gelegenheiten nicht in guter Erinnerung behalten.

„Nein, der ist nach Magdeburg versetzt worden", unterbrach Anna ihre Gedanken. „Nachdem der dich praktisch der Mörderin auf einem Silbertablett geliefert hat, haben die ihn strafversetzt. Mal sehen... KHK J. Treilert ist zugeteilt. Sagt mir nichts", murmelte Anna.

Andrea grinste: Anna vermittelte gerne den Eindruck, als würde sie viele wichtige Menschen kennen. Sie hatte festgestellt, dass die Behauptung, jemanden nicht zu kennen, vermittelte, sonst (fast) alle mit vergleichbarem Umfeld zu kennen.

„Eine Frau: Jennifer Treilert, dreißig Jahre alt... Sieht nett aus: blond, hübsches Gesicht."

Andrea grinste: „Das wird Nick gefallen."

„Steht der auf Blondinen?"

„Keine Ahnung. Aber auf Frauen."

Anna lachte: „Dann wird ihm das gefallen!"

„Hast du ihm von Fabian erzählt?" fragte Anna vorsichtig.

„Mmh, hab ich."

„Was sagt er dazu?"

Andrea antwortete leise: „Das Gleiche wie du. Aber er sagt es nicht laut."

„Wie? Wie dann?"

„Na ja, er guckt immer so, als würde er Fabian umbringen, wenn er ihn sieht. Aber er sagt nichts.

Ich glaube, er hat Angst, dass ich dann sauer werde."

„Damit hat er ja Recht", meinte Anna.

„Mmh", murmelte Andrea. „Aber feige ist es auch…"

„Nein. So hält er sich die Möglichkeit offen, mit dir zu reden. Wenn du sauer auf ihn bist, redest du nicht mehr mit ihm. Außerdem verletzt er dich so nicht."

Andrea schwieg. „Ich bin schwierig, oder?" fragte sie resigniert.

Anna lachte auf: „Nein, Süße! Wirklich nicht! Schwierig ist nur, was man nicht versteht. Und ich verstehe dich. Du bist verwirrt und verstehst Fabians Verhalten nicht. Und du wehrst dich dagegen, die Realität zu sehen. Es tut ja auch einfach weh, wenn man sieht, dass er die ganzen Jahre, die ganze Beziehung wegwirft. Ich… Ich will dir nicht wehtun, wenn ich dir sage, dass du ihn verlassen sollst. Ich will nur, dass du darüber nachdenkst. Dann tut es nicht so lange weh."

„Wie meinst du das?"

„Fabian macht nicht Schluss. Sonst hätte er das längst getan. Der hat wahrscheinlich nicht mal gemerkt, dass er dich Weihnachten nicht gesehen hat. Aber du willst doch einen Freund haben, mit dem du zusammen sein kannst. Also musst du Schluss machen. Und du denkst erst lange über so einen Schritt nach. – Nick hat unbewusst die Engelchen-Rolle übernommen: auf mich bist du böse weil ich dir weh tue und er tröstet dich."

Andrea kicherte: „Ein Heiligenschein ständ dem aber nicht gut... Ich bin nicht böse auf dich..."

„Doch, bist du. Und das ist normal: ich hab dir wehgetan. Aber nicht, weil ich das wollte. Ich denke, ich helfe dir damit. – Hoffe ich."

Andrea nickte langsam, obwohl Anna das nicht sehen konnte.

„Du musst langsam zu deinem Neujahrs-Treffen", erinnerte Anna sie, weil Andrea nichts mehr sagte.

„Mmh, stimmt..."

„Alles in Ordnung?" hakte sie nach, als Andrea abbrach.

„Mmh, ja. Muss nachdenken. Ich ruf dich wieder an, ja? Ich... bin nicht... nicht richtig böse auf dich, okay?"

Anna lachte: „Ich weiß. Das kannst du gar nicht, weil du mich bewunderst..."

Andreas Lachen unterbrach sie, dann fuhr sie fort: „Mach dir keine Gedanken um mich: wir haben kein Problem miteinander. Ruf an, wann du willst!"

Das Haus der Leckrenräumers beeindruckte Andrea. Es war mehr eine Villa. Es lag versteckt hinter hohen Bäumen, weshalb es ihr noch nie aufgefallen war. Eine breite Treppe führte zur zweiflügeligen Haustüre, Erker mit spitzen Dächern an zwei Ecken des Hauses ließen es wie ein Schloss aussehen. Es war schlicht gehalten: keine Stuck, keine Verzierungen durch aufwendig angebrachte Klinker. Der umgebende Garten war weitläufig, schlicht und gepflegt. Einzelne Sträucher auf der großen Rasenfläche waren fachmännisch geschnitten.

Im Inneren des Hauses hörte Andrea einen Gong, als sie auf den Klingelknopf drückte. Kurz darauf öffnete ein Mann in Smoking, bat sie herein, nahm ihr den Mantel ab und erklärte: „Bitte warten Sie hier einen Moment, Frau Jansen. Ich werde den Herrschaften Bescheid geben, dass Sie gekommen sind."

Erstaunt sah sie dem Mann nach. Leckrenräumer hatten einen Butler? Er kannte ihren Namen?

„Frau Jansen. Schön, dass Sie kommen konnten. Guten Tag. Mein Name ist Leckrenräumer, Jan-Theobald. Und da kommt auch meine Frau: Luisa-Theresa. Herzlich Willkommen. Sie haben sich sicher über die Einladung gewundert, aber wir wollten Sie gerne kennenlernen..."

„Vergiss nicht, Luft zu holen, Jan-Theo", unterbrach seine Frau ihn freundlich.

„Hallo Frau Jansen. Kommen Sie rein, da können Sie sich aufwärmen. Es ist ja immer noch so kalt. Hubert hat Apfelpunsch gemacht, ohne Alkohol. Sind Sie mit dem Auto hier?"

Andrea folgte den Eheleuten durch mehrere große Zimmer in den Wintergarten. Verwundert dachte sie an Nicks Worte, die Leckrenräumer seien ‚fremdenscheu'. Sie konnte nichts dergleichen feststellen.

Die Räume, durch die Andrea geführt wurde, waren so eingerichtet, dass sie edel wirkten, aber nicht durch Protz erschlugen. Das Ehepaar hatte es geschafft, die Waage zwischen vornehmer Eleganz und schlichter Zurschaustellung von Reichtum zu halten. Goldene Kronleuchter, prunkvolle Seidenteppiche, geschwungene Wurzelholzmöbel und samtene Sofagarnituren fehlten. Andrea gefiel die Einrichtung: klare Linien, aber trotzdem keine modernen, kalt wirkenden Möbel, edles, aber heimisches Holz, expressionistische Gemälde und große Grünpflanzen. Was sie von dem Ehepaar halten sollte, wusste sie noch nicht so genau. Sie traute Nicks Urteil. Aber sie wunderte sich über das redselige Paar. Jan-Theobald Leckrenräumer war etwas größer als seine Frau, hatte weißes Haar und lebhafte braune Augen. Luisa-Theresa Leckrenräumer war etwas größer als Andrea, sehr schlank, hatte ein freundliches Gesicht und ein gewinnendes Lächeln. Ihr Haar hatte sie zu einer kunstvollen Frisur hochgesteckt. Es war hell-, fast weißblond und ihre Augen stechend blau. Sie trug ein elegantes, lilafarbenes Kleid, das fachlich bezeichnet sicher flieder-, veilchen- oder Saphir-blau war. Er hatte seinen etwas gerundeten Bauch unter einem weißen Hemd und einem schwarzen Sakko versteckt.

Vom Wintergarten war Andrea auf Anhieb begeistert. Große exotische Pflanzen gaben ihr das Gefühl, im Urwald zu sein. Nichts ließ sie die kalte, graue, kahle Welt außerhalb des Glashauses erkennen. Nur wenn sie nach oben sah, konnte sie etwas von der Konstruktion erkennen, die Wände waren hinter dichtem Grün verborgen.

„Leider blüht jetzt in der dunklen Jahreszeit nichts, aber der Wintergarten ist trotzdem unser Lieblingsort im Haus", erklärte Herr Leckerenräumer. „Kommen Sie: ein paar der anderen sind auch schon da. Setzen Sie sich."

Er bot ihr einen großen Korbsessel an und seine Frau erklärte: „Exotische Pflanzen sind mein Hobby. Aus jedem Land, in das wir in Urlaub fahren, bringe ich mir ein paar Samen mit. Es ist jedes Mal wie Weihnachten, wenn die endlich keimen und ich erkennen kann, wie die Blätter aussehen. Und dann geht die Suche los, welche Pflanze das sein könnte. Meistens endet die Suche nach dem Namen erst, wenn die Pflänzchen das erste Mal blühen…"

„Aber wenn du zu neugierig bist, fragst du Paul, ob er die Pflanze kennt", bemerkte ihr Mann.

„Ja, Paul kennt alle Pflanzen. Er ist wie ein Lexikon… Kennen Sie Paul Friedrichs? Er wohnt auch auf der Straße…"

„Der ehemalige Offizier im zweiten Weltkrieg?"

„Ja, genau. Ich vergesse immer, dass er bei der Marine war: das passt so gar nicht."

„Viele mussten in den Krieg, die das nie gewollt hätten, meine Frau", sinnierte Herr Leckrenräumer.

„Ja, stimmt", räumte sie ein.

„Herrn Friedrichs habe ich bei Grits kennengelernt. Ich war ganz fasziniert von seinem Wissen über Pflanzen", erklärte Andrea, weil Leckrenräumer schwiegen.

Daraufhin stimmte Frau Leckrenräumer begeistert ein Loblied auf Herrn Friedrichs Pflanzenkenntnisse an und ihr Mann entschuldigte sich, er müsse nach dem Essen sehen.

Zwei bekannte Gesichter entdeckte Andrea unter den acht Anwesenden. Aber sie wusste die Namen nicht mehr. Sie gab allen die Hand und fragte die Frau, die ihr bekannt vorkam: „Wir kennen uns, oder?"

Die Frau kicherte: „Ja, Hanne Giesbert. Bei mir war das erste ,Neujahrs-Willkommen'."

„Ja, richtig. Tut mir leid. Ich habe in den letzten Tagen so viele neue Menschen kennengelernt, dass ich..."

„Kein Problem! Kein Problem! Ich an Ihrer Stelle hätte nicht mal mehr gewusst, dass wir uns schon begegnet sind. Ich habe ein ganz schlechtes Gedächtnis für Gesichter. Setzen Sie sich doch zu mir", schlug sie vor und deutete auf den Stuhl neben ihr.

Andrea nahm dankend an, gab aber erst noch dem bekannt erscheinenden Mann die Hand: „Wir haben uns auch schon gesehen, oder?"

„Mmh, Keiser, Wilhelm. Bin geschäftlich mit dem europäischen Aktienmarkt in Verbindung. An meinen Wagen können Sie sicher erinnern: ein silbergrauer Jaguar 200, BJ 1998."

Andrea unterdrückte ihr Erstaunen, dass sie ein Auto besser als ein Gesicht in Erinnerung behalten sollte. Aber sie erinnerte sich an die langweiligen Gesprächsthemen und den abgehakten Sprachstil des Mannes. Sie wusste nur nicht, wo sie ihm begegnet war.

Bis alle eingetroffen waren, versorgten Leckrenräumer ihre Gäste mit allen möglichen gewünschten Getränken, ob warm, ob kalt, ob mit oder ohne Alkohol, kein Wunsch wurde bedauernd zurückgewiesen. Andrea unterhielt sich gut mit den anderen Gästen und vor allem mit Hanne Giesbert. Sie wirkte immer noch etwas steif, war aber doch eine interessante Gesprächspartnerin und hatte einen ähnlichen Humor wie Andrea. Als der Pflanzenliebhaber Paul Friedrichs sich neben Andrea setzte, fühlte sie sich ein bisschen geehrt. Es versprach ein sehr schöner Abend zu werden.

„Meine Damen. Meine Herren. Herzlich Willkommen im Neuen Jahr!"

„Und herzlich Willkommen bei uns!" ergänzte Frau Leckrenräumer ihren Mann.

Scheinbar hatte diese Begrüßung Tradition, denn in ähnlicher Weise fuhr das Ehepaar fort, sprach über das vergangene Jahr, Erfolge und Misserfolge aller Anwesenden mit Ausnahme von Andrea. Es war keine Zurschaustellung. Andrea war beeindruckt, wie die Eheleute es bewerkstelligten, die Misserfolge ihrer Gäste als Chance, etwas zu lernen, und die Erfolge als Verdienst zielstrebiger Arbeit darzustellen. Sie schafften es, jedem ihrer Gäste Mut zu machen, in welcher Lage sie auch steckten. Zum Schluss ihrer Rede hatten sie für jeden Gast einen guten Wunsch für das neue Jahr und erklärten dann: „Als Vorspeise hat Hubert uns ein Süppchen aus Majoran-Weißwein-Sud bereitet. Der Salat wird eine Ode an den Sommer sein: Radicchio, Löwenzahn und Pflücksalat an Sesam-Sonnenblumenkern-Dressing. Darauf folgt eine leichte Entenbrust mit Jasminreis und Winterendiviengemüse an Safran-Hummer-Sauce und das Dessert bleibt wie immer eine Überraschung. Wenn es Ihnen Recht ist, werden wir hier speisen, wie jedes Jahr. Guten Appetit und auf ein erfolgreiches neues Jahr!"

Gerade als der Hauptgang gereicht wurde – in kleinen Schälchen, mundgerecht geschnitten und nur mit Gabel, damit man sich beim Essen in den tiefen Sesseln zurücklehnen konnte und keinen

Tisch brauchte – trat der Butler herein: „Herr Polizeioberkommissar Nick Wilms."

„Danke, Herbert." Nick klopfte dem Butler auf die Schulter und begrüßte die Anwesenden fröhlich. Leckrenräumer erklärte er, er habe gerade erst Feierabend und lehne es ab, dass ‚Hubert' extra für ihn noch mal Suppe und Salat zubereitete. Ein kühles Bier und etwas von der Hauptspeise und er wäre glücklich, versicherte er glaubhaft.

„Ja, Herr Wilms, die meisten von uns kennen Sie ja. Aber dieses Jahr haben wir ein neues Gesicht in unserer Runde: Frau Andrea Jansen. Sie..."

„Wir kennen uns", erklärte Nick dem Gastgeber.

Fast erschreckt sah die Gastgeberin ihn an, aber Nick erzählte ungerührt und heiter: „Sie arbeitet bei Schlichter Hofmeister. Wir haben zwangsläufig miteinander zu tun. Außerdem ist sie ein sehr lieber und netter Mensch und intelligent dazu, so dass ich gerne mit ihr zu tun habe! Schön, dass Sie sie eingeladen haben."

Andrea stockte der Atem. Wieso war Nick so gefühlsduselig? Frau Leckrenräumer war beruhigt – warum genau, war Andrea noch ein Rätsel.

Hanne Giesbert erklärte es unverhofft: „Jetzt haben Sie Frau Leckrenräumer aber einen Schrecken eingejagt. Sie hat fast gedacht, Sie wären eine von Herrn Wilms' Verehrerinnen."

Perplex musterte Andrea sie. Ihr fiel keine Antwort ein.

„Herr Wilms, ich fürchte, ich habe ein Problem", erklärte Frau Leckrenräumer beim Essen. Nick sah sie aufmerksam an und sie fuhr fort: „Ich habe Samen ausgesät, die vor ein paar Wochen gekeimt sind. Aber jetzt sehen die Blätter so aus, als würde es Cannabis werden."

„Das ist nur ein Problem, wenn Sie die Pflanzen behalten wollen", meinte Nick.

„Es kann auch etwas anderes sein", mischte Herr Friedrichs, der Pflanzenexperte, sich ein. „Es gibt noch ein paar andere Pflanzen, die diese typische Blattform haben."

„Und wie sehe ich, ob es Cannabis ist oder nicht?"

„Das kann man doch riechen", meinte Andrea.

Schweigen folgte. Die meisten Anwesenden vergaßen sogar zu kauen. Andrea biss sich auf die Zunge. Nicks schadenfrohes Grinsen machte es nicht besser.

„Haben Sie mit Drogen zu tun, Frau Jansen?" entsetzte sich eine unscheinbare Frau, die tief in ihrem Sessel versunken neben der Gastgeberin saß.

„Nein, ich... äh..."

Nick kam Andrea zur Hilfe: „Nein, da brauchen Sie keine Sorgen zu haben. Ich kenne Frau Jansen gut und es besteht nicht der geringste Verdacht in der Richtung."

„Aber…"

„Ich habe Frau Jansen erzählt, dass man Cannabis am Geruch erkennt, bei unserem ersten Treffen bei Grits", erklärte Herr Friedrichs.

Damit war die kleine, unscheinbare Frau, deren Namen Andrea vergessen hatte, beruhigt. Andrea lächelte Herrn Friedrichs und Nick dankbar für die Rettung zu. Sie nahm sich vor, besser zu überlegen, was sie sagte.

Nach dem Essen wollten Andrea und Hanne Giesbert sich im Wintergarten etwas die Füße vertreten.

„Hey! Du solltest deine Drogen-Vergangenheit besser für dich behalten", rief Nick gutgelaunt und gesellte sich zu den beiden Frauen.

„Ich habe keine Drogen-Vergangenheit! Aber ich dachte, gerade hier weiß jeder, wie Cannabis riecht."

„Nein", lachte Nick. „Nur die, die es auch konsumieren. Hier gibt es nur ‚ganz' oder ‚gar nicht'. Aber Herr Friedrichs hat es ja gut erklärt…"

„Er hat für mich gelogen. Er hat mir gar nichts über Cannabis erzählt."

Nick grinste anzüglich und neckte: „Na, dann mag er dich aber gerne! Er ist sonst ein Verfechter von Ehrlichkeit."

Andrea musterte ihren Freund amüsiert: „Warum hast du so gute Laune? Du hast drei Überstunden gemacht und eine Leiche mit Bleivergiftung!"

„Ich hab keine Überstunden gemacht und die Leiche war noch geheim…"

„Du hattest doch gerade erst Feierabend, hast du gesagt?"

Nick grinste: „Hab ich gesagt, ja. Ich mag diese seltsamen Salat- und Suppen-Kreationen nicht. Also komme ich immer so spät, dass ich die nicht mitessen muss."

Hanne Giesbert lachte auf: „Warum sagen Sie mir das nicht? Ich überlege schon seit Jahren, wie ich Leckrenräumers schonend beibringe, dass ich diese… Versuche nicht mag."

„Wenn ich das allen sage und niemand mehr kommt, fällt das auf", erklärte Nick etwas erstaunt darüber, dass die steif wirkende Frau lachen konnte. Er kannte sie nur sehr distanziert.

„Ich hätte es ganz sicher nicht weiter gesagt", versprach sie augenzwinkernd. Nick schob es auf Andreas Einfluss, dass Frau Giesbert lustig und gesellig wirkte. Sie kam nicht aus der Gemeinde und Nick hatte den Verdacht, dass sie sich deshalb von den Einheimischen ausgegrenzt fühlte. Doch als er mit ihrem Mann darüber gesprochen hatte, versicherte dieser, dass sie auch in ihrer Heimat so war und sich hier sehr wohl fühlte.

„Nick, entschuldige, dass ich die Leiche erwähnt habe. Ich dachte… Es ist doch drei Tage her. Stand das nicht schon in der Zeitung?"

„Nein, morgen erst. Ist nicht so schlimm", beruhigte er Andrea.

„Die neue Kommissarin!" fiel ihr ein. „Deshalb hast du so gute Laune: sie ist jung und hübsch und…"

Nick grinste: „Sie ist mein Boss! Du traust mir doch nicht ernsthaft zu, dass ich was mit meinem Boss anfange? – Woher weißt du das überhaupt?"

„Von Anna. Sie meint auch, sie könnte dir gefallen", stichelte sie.

Er lachte: „Ich weiß nicht, was besser ist: wenn ihr euch streitet oder euch vertragt."

„Und? Gefällt sie dir?" bohrte Andrea nach.

Nick sah Andrea amüsiert an: „Wer? Anna?"

„Blödmann", kicherte sie und boxte ihn sanft in den Bauch.

Kurz vor Mitternacht wurde das Dessert serviert. Es brachte noch einige Verwirrung mit sich, da zwischen Autofahrern und Nicht-Autofahrern unterschieden werden musste. Die meisten wurden gebeten, doch zu Fuß nach Hause zu gehen und das apfellikörhaltige Mus zu probieren. Nick bekam das alkoholische Dessert nicht angeboten, was Andrea sehr belustigte.

„Wenn du dich weiter über mich lustig machst, gehst du zu Fuß nach Hause und ich nehme nur Frau Giesbert und Herrn Friedrichs mit", drohte er. Er schaffte es nicht, ein Grinsen zu unterdrücken. Sie standen zu viert an einem Mäuerchen und unterhielten sich großartig.

„Lassen Sie sich nicht erpressen", meinte Herr Friedrichs. „Eine so liebe und intelligente Frau wie Sie, Frau Jansen, muss sich so was nicht anhören. Das gebietet die Ritterlichkeit."

„Sie sind im Vorteil", überlegte Frau Giesbert. „Herr Wilms wird nicht riskieren, dass Ihnen etwas zustößt: das bringt ihm nur mehr Arbeit."

Nick lachte auf, konnte aber nicht antworten, weil die unscheinbare Frau plötzlich laut rief: „Wir wollen auf Ludwie Liedner trinken, der so plötzlich gegangen ist. – Er erinnert uns daran, wie eng Freude und Leid miteinander verknüpft sind: ein unglaublicher Glücksfall endet so tragisch in seinem Ableben."

Nick spürte Andreas skeptischen Seitenblick. Er sah sie an und hob hilflos die Schultern.

„Haben Sie denn nicht von seinem Lottogewinn gehört, Frau Jansen?" fuhr die kleine Frau sie an, so dass sie erschrak.

„Sechs Millionen Euro hat der liebe Mann gewonnen! Und anschließend stirbt er an Herzversagen. Ein Verlust! Ein sehr trauriger Verlust für uns alle. Aber verständlich: wie kann ein so herzensguter und großzügiger Mensch es unbeschadet ertragen, dass ihm plötzlich so viel Güte zuteilwird? Er..."

„Er war herzschwach!" knurrte Andrea, die die Lobsingerei nicht mehr ertragen konnte. „Und ein Lottogewinn ist Glück, nicht Güte!"

„Vorsicht", murmelte Nick amüsiert. „Du bist schon in zwei Fettnäpfchen getreten. Beim dritten Mal wirst du verhext."

„Wilms!" mahnte Herr Friedrichs schmunzelnd. Beantwortete dann aber Andreas stumme Frage: „Lieschen wird nachgesagt, dass sie Menschen, die sich nicht ‚anständig' benehmen, mit einem Fluch belegt, der ihnen Benehmen beibringt…"

„Und dabei meint sie, die größte Christin zu sein", ergänzte Frau Giesbert ebenso leise.

„Der Darstellung muss ich leider widersprechen", meldete sich Nick für alle hörbar zu Wort. „Ludwig Liedner ist zwei bis drei Stunden vor der Ziehung der Lottozahlen verstorben. Ich möchte Sie bitten, auf jede andere Darstellung zu verzichten. Es ist sehr unpassend und rücksichtslos der Familie gegenüber, wenn sich Gerüchte bildeten, Ludwig Liedner wäre nach der Ziehung der Lottozahlen gestorben. Böse Zungen könnten Gerüchte verbreiten, er wäre wegen des Gewinns umgebracht worden. Das ist in jedem Fall ausgeschlossen!"

In dem Moment bewunderte Andrea ihn für seinen Mut, Lieschen zu widersprechen. Die sah den Hünen erst verwirrt und missbilligend an, dann lächelte sie nachsichtig: „Ach, Herr Hauptwachtmeister, nicht immer verlaufen Aktion und Reaktion konsequent nacheinander. Mächte gibt es, die sind jeder Zeit enthoben und unabhängig von Ereignissen reagieren. Ihre Taten hängen trotzdem zusammen mit vergangenen und kommenden Handlungen. – Ich erwarte nicht, dass Sie das verstehen. Das erfordert eine intensive Studie der zusammenhängenden Kräfte des Universums. Aber seien Sie versichert: von uns gegangen ist Ludwie wegen seines Lottogewinns. Er wird vorausgeahnt haben, dass ihm großes Glück zuteilwerden wird, größeres Glück, als er ertragen kann."

Nick blieb ruhig: „Alle hier Anwesenden wissen, dass Sie Wissen haben, das uns anderen nur sehr schwer zugänglich ist, Lieschen. Bitte denken Sie daran und gehen Sie verantwortungsbewusst damit um: Menschen, die Sie nicht kennen, werden Sie falsch verstehen. Und es kann auch nicht in Ihrem Interesse sein, Ludwig Liedners Hinterbliebenen Schmerz zuzufügen."

Andrea sah ihren Freund sprachlos an: so geschwollen konnte der Blödsinn reden?!

„Guck mich nicht so an", brummte er amüsiert. „Ich muss sie doch überreden."

Lieschen war einverstanden und hob ihr Glas: „Auf Ludwie und das Gute, dass er mit dem Geld getan hätte, wäre es ihm vergönnt gewesen, das Leben in seiner natürlichen Länge mit uns zu genießen", rief die kleine Frau.

„Oh Gott", stöhnte Andrea, hob aber brav ihr Glas ,Apfelpunsch mit'. „Es war doch ein natürlicher Tod. Dann hatte sein Leben doch seine natürliche Länge", murmelte sie widerspenstig. Sie spürte den Alkohol langsam.

„Frau Jansen, Sie werden in Ihrem Leben immer wieder feststellen, dass es Menschen gibt, die es besser wissen als Gott", erklärte Herr Friedrichs freundlich, aber mit einem hintergründigen Funkeln in den Augen.

Am nächsten Morgen kam Nick ein wenig zu spät und gut gelaunt in die Wache. Es war nicht wichtig, ob er fünf Minuten früher oder später zum Dienst erschien. Er arbeitete oft genug auch noch nach Dienstschluss. Normalerweise war er pünktlich, aber wenn der Vorabend lang gewesen war, gönnte er sich am Morgen eine Tasse Kaffee mehr. Wie es Andrea wohl heute Morgen ging? Sie war gestern ziemlich angetrunken gewesen, als er sie Zuhause abgesetzt hatte.

„Morgen Marion", rief er seiner kleinen Kollegin zu.

„Morgen Chef", gab sie fröhlich zurück. Seinen strafenden Blick für die Anrede ‚Chef' registrierte sie mit Vergnügen.

Nick wusste, dass Marion gerne den Schreibtisch am Empfang übernahm. Er ging daher ohne zu fragen, ob sie einverstanden wäre, in sein Büro. Bevor er die Tür öffnete, fiel ihm Andrea wieder ein und er ging zurück: „Marion, ruf doch mal bitte bei Hofmeister an und find unter irgendeinem Vorwand raus, wie es Andrea geht."

Die kleine Frau sah ihn erstaunt an: „Äh... Warum?"

„Mach`s einfach", grinste Nick.

„Heute ist Samstag. Sie arbeitet nicht. Was ist denn mit ihr?"

Er überlegte einen Moment, dann entschied er: „Ich fahr mal zu Jo. Gucken, ob die Bauern schon ihre Schlepper aus den Schuppen holen und Verkehrshindernis spielen wollen."

„Nick", rief Marion ihn zurück. „Du bist im Dienst. Willst du nicht deine Uniform anziehen?"

Er sah an sich herab: „Sieht das so schlimm aus?"

„Na ja... ich sag mal..." sie musterte ihn betont kritisch. „Die Uniform hat ein schönes Grün."

Nick lachte auf: „Gib mir den Schlüssel", bat er.

Marion warf ihm einen der Dienstwagenschlüssel zu: „Grüß Andrea von mir. Und Jo, Eva und den Kleinen auch. – Und frühstücke nicht zu lange! Hier gibt es auch noch Arbeit! Was ist jetzt mit Andrea? Muss ich da was wissen?"

Nick grinste, das Lauern in ihren Augen war ihm nicht entgangen: „Was schwebt deiner Phantasie da so vor? – Sie hat gestern beim ‚Neujahrs-Willkommen' etwas zu viel Apfelpunsch getrunken."

„Schadenfreude ist nicht nett..."

„Aber macht Spaß! Tu nicht so unschuldig. Bis später, ich bleib nicht lang."

Andrea hatte das dumpfe Mampfen der Kühe vermisst. Sie war ganz erstaunt, als sie feststellte, dass sie sich darauf freute, den Tieren mit den großen Augen ihr Futter vor die Mäuler zu schieben. Es war warm im Kuhstall, roch süßlich nach Grassilage und nach Kühen. Beschreiben konnte Andrea den Geruch von Kühen nicht. Er gefiel ihr. Aber etwas stimmte nicht. Es fiel ihr nicht gleich auf, aber als sie die Gesellen Tim und Maik sah, fiel es ihr ein: das Klacken der Melkmaschine fehlte. Die beiden Männer, die etwas jünger als sie waren, standen beieinander und redeten, anstatt die Kühe zu melken. Sie arbeiteten eigentlich auf anderen Höfen, die aber keine Milchviehhaltung hatten. Seit Dezember waren Sie bei Jo und Eva und wollten bis Februar bleiben. Danach, wenn die Feldarbeit wieder begann, würden sie zu ihren regulären Arbeitgebern zurückkehren. Auch im letzten Winter hatte es diese Regelung schon gegeben, was jetzt, da Eva sich um das Baby kümmern musste, eine große Entlastung war.

„Was ist los? Wieso läuft die Melkmaschine nicht?" fragte sie, nachdem sie ihnen ein ‚Frohes Neues Jahr' gewünscht hatte. Sie verstand sich gut mit den beiden und Sven, dem Gesellen, der bei Peters angestellt war. Es machte immer Spaß, mit den Jungs zu arbeiten, weil sie einen Haufen Blödsinn im Kopf hatten, aber ihre Arbeit doch nicht vernachlässigten.

„Keine Ahnung. Sven guckt danach."

„Der ist auch hier? Habt ihr nicht immer nur zu zweit Dienst?"

„Mmh, aber Sven hat vergessen, dass er heute frei hat", grinste Tim schadenfroh.

Andrea unterhielt sich noch eine Weile mit den beiden jungen Männern, dann erklärte sie, sie wolle auch Sven begrüßen, den sie nach Neujahr noch nicht gesehen hatte. Anschließend würde sie sich um das Futter für die Tiere kümmern.

Mit Sven konnte auch die schlimmste Arbeit Spaß machen. Andrea freute sich immer, wenn sie ihn sah. Er war etwas kleiner als die beiden anderen, hatte graue Augen und (fast) nie schlechte Laune. Er war etwas älter als sie.

„Frohes neues Jahr, Svenni", rief Andrea vergnügt, als sie ihn halb unter der Melkmaschine kniend fand. In der Melkkammer war es noch wärmer als im Kuhstall. Svens Thermohemd hing an einem Nagel an der Wand. Er zog den Kopf aus der Maschine und strahlte sie an.

„Uff!" entfuhr es ihr, bevor Sven etwas sagen konnte. Sie hatte ihn noch nie mit nacktem Oberkörper gesehen.

Er grinste frech und fuhr mit den Händen über seine muskulöse Brust und den durchtrainierten Bauch: „Mein Körper ist meine Leidenschaft! Aber deiner könnte es auch werden!"

Andrea stöhnte: „Oh Gott! Hast du damit Erfolg?"

Sven lachte, konnte aber nicht antworten, weil Maik dazu kam: „Der gibt gerne mit seiner Hungerfigur an. Mach dir nichts draus, Andrea: wenn du deine Bluse ausziehst, fängt der an zu sabbern. Du hast Besuch. Sven, schaffst du das heute noch oder muss ich Eva rufen?"

Er erntete einen vernichtenden Blick dafür. „Bin gleich fertig", murmelte Sven. Niemand machte Eva im Stall etwas vor. Auch Jo nicht. Aber keiner der Männer gab das gerne zu.

„Nick. Was machst du denn hier?" freute sich Andrea. „Kommst du helfen?"

„Morgen. Wollte nur... Muss Jo was geben."

Sie musterte ihn aufmerksam: „Was ist los? Alles in Ordnung?"

„Mmh, klar! Und bei dir? Wieder nüchtern?"

Warum hatte der Mann gestern so gute und heute so schlechte Laune? „Mir geht's gut. Hab gestern noch viel Wasser getrunken. Danke, dass du mich nach Hause gefahren hast! War schön, oder?"

„Mmh, find ich auch."

Innerlich zuckte Andrea mit den Schultern: wenn Nick nicht reden wollte, sollte er es lassen. „Jo ist mit dem Auto unterwegs. Er wollte sich die Felder angucken: ob er schon was machen kann oder nicht. Aber Eva ist im Haus."

„Mmh", brummte Nick wieder und wandte sich zur Stalltüre um.

„Nick!"

Er drehte sich wieder zu ihr um, sagte aber nichts.

„Was ist los? Gestern hattest du so gute Laune."

Er antwortete nicht: was ging sie seine Laune an?

Als ein Auto mit quietschenden Reifen auf den Hof fuhr, liefen alle raus. Jo stieg mit hochrotem Kopf aus seinem Wagen.

„Nick! Gut, dass du da bist: Katherd-Gerds Feld ist verwüstet. Hinten, am Wald. Hab ihn schon angerufen. Reifenspuren oder so. Das ganze Wintergetreide kaputt...“ rief der sonst so ruhige Hüne aufgeregt. Im gleichen Moment kam Marions Stimme etwas verzerrt aus Nicks Streifenwagen.

„Ich guck mal“, murmelte Nick missmutig. Er ging ohne Abschied.

Kapitel vier

Montag schlug das warme, feuchte Wetter in eisigen Winter um. Als Andrea zu ihrem Auto ging, bewunderte sie den klaren, funkelnden Sternenhimmel. Es würde ein strahlend schöner Tag werden. Aber auch eiskalt. Die Eisschicht auf ihrem Auto gefiel ihr nicht. Und ihr Auto sprang nicht an. Es half nichts! Kein gutes Zureden, kein Schimpfen, keine Versprechungen. Sie würde das Auto wohl doch zu dem Mechaniker bringen, von dem Nick gesprochen hatte. Vielleicht war der ja wirklich so viel besser als die anderen, die das Auto bisher gesehen hatten.

Sie ging zu Fuß zur Arbeit. Es war ein schöner Spaziergang durch das verschlafene Niederheid. Einzelne Fenster waren erleuchtet. Andrea vermutete Eltern dahinter, die das Frühstück für ihre Kinder zubereiteten, bevor sie sie zur Schule schickten. Es war eine friedliche Welt. Einzig der kalte Wind störte Andrea. Sie würde etwas zu spät im Büro ankommen. Aber das war nicht schlimm: das verkürzte nur die Zeit, die ihr zum Frühstücken blieb. Jeden Tag in der Woche frühstückte Andrea mit dem Ehepaar Hofmeister. Die ruhigen, klugen Eheleute hatten von Anfang an darauf bestanden. Sie besprachen beim Frühstück die neusten Themen im Ort, Zwistigkeiten, mögliche Probleme, die es in den kommenden Wochen geben könnte und freudige Ereignisse. Es hatte Andrea oft geholfen, uralte Fehden, Bräuche oder den Grund für Feierlichkeiten in der ihr fremden Gemeinde zu verstehen. Sie genoss es immer sehr, mit dem weißhaarigen Ehepaar zusammenzusitzen. Frühstück war ihr früher nie sehr wichtig gewesen. Heute war es für sie die wichtigste Mahlzeit des Tages.

Jan Holten, der Inhaber der Autowerkstatt im Nachbarort, wollte Andreas Auto tatsächlich über Nacht da behalten. Es irritierte sie, dass er sie nicht ungläubig und mitleidig ansah, sondern ernsthaft nach allen Details fragte. Als alles erklärt war, rief sie Nick an. Ziemlich einsilbig sagte er ihr zu, sie abzuholen. Sie wollte in einem Café gegenüber der Werkstatt auf den Polizisten warten. Es war ein hübsches Café mit hellen Möbeln und freundlichen Tischdecken. Bis auf eine Kaffee-Kränzchen-Runde am anderen Ende des kleinen Gastraumes war das Café leer. Andrea setzte sich an einen kleinen Tisch am Fenster und bestellte Kakao mit Sahne. Die älteren Leute hinter ihr sprachen so laut über den Klatsch der Umgebung und den Tod von Ludwig Liedner, dass Andrea nicht anders konnte, als zuzuhören. So erfuhr sie, dass

Liedner angeblich Spielschulden hatte. Und mit einem Apotheker sollte er Streit gehabt haben. Eine Frau bejammerte die ganze Zeit die Witwe, die sich immer eine Kreuzfahrt gewünscht, aber nie bekommen hatte. „Jedes Jahr hat de Ludwie dem Heide der seine Kreutzfahrt versproche. Jedes Jahr. Un nu, wo de Jeld hat, lässt de di allein… Dat is nich jerecht!"

Nick ließ sich Zeit. Andrea wartete eine halbe Stunde, bis der große Mann ins Café trat. Sie hatte für den Weg zehn Minuten gebraucht. Missmutig stapfte er zu ihr. Hätte er klirrende Sporen an den Stiefeln gehabt, Andrea hätte ihm den Wild-West-Gangster abgenommen, so finster blickte er drein.

„Hallo", begrüßte sie ihn vorsichtig. Verwaschene Jeans und Flanell-Hemd passten zum Gesetzlosen. Aber der Pistolengürtel fehlte.

„Hallo."

„Du hast gesagt, ich darf dich anrufen. Ich hätte doch auch einen anderen fragen können, wenn du nicht kannst. Oder mir ein Taxi rufen können."

„Schon okay", murmelte er. Er setzte sich nicht.

„Ich sag Jan eben ‚Hallo', dann fahren wir, okay?"

„Ja, gut."

Nick sprach während der gesamten Fahrt kein Wort. Andrea schien es besser, ebenfalls zu schweigen. Er schaltete nicht mal den Motor aus, als sie vor ihrer Wohnung waren.

„Kann... ich dich zu einem Bier einladen?"
fragte sie vorsichtig.

„Muss noch arbeiten", brummte er. Er sah sie
nicht an.

„Viel Erfolg", murmelte sie, hauptsächlich, um
etwas Nettes zu sagen, dann stieg sie aus. Er hatte
sie noch nie so verwirrt. Sie würde Anna fragen,
welche Neuigkeiten sich in diesem Mordfall ergeben hatten, dass Nick so schlecht gelaunt war.

„Sophie ist wieder da!" rief Anna ins Telefon, anstatt Andrea zu begrüßen.

Andrea musste lachen: „Dabei erzählst du immer, wie anstrengend die Kleine ist und..."

„Tu ich nie wieder! Versprochen! So lange war
sie noch nie weg und sie hat mir echt gefehlt! Hier,
Engelchen, da ist Andrea."

Eine Viertelstunde sprach Andrea mit Annas
kleiner Schwester. Sie erzählte vom Urlaub bei ihren Eltern und davon, wie lange Anna weg gewesen
war. Sophie war drei Jahre alt und wuchs bei ihren
Geschwistern, hauptsächlich bei Anna, auf. Als sie
keine Lust mehr zum Telefonieren hatte, erklärte
sie: „Tüsch, Dea! Muss jetz armbeiten. – Nana! Is
für dich."

Lachend kam Anna wieder ans Telefon: „Das
kann sie schon gut, oder?"

„Ja. Stellst du sie als Sekretärin ein?"

Anna lachte: „Das ist eine gute Idee. Mal sehen,
ob ich das in der Personalabteilung durch kriege."

„Da vielleicht. Aber Kinderarbeit ist verboten", grinste Andrea.

„Quatsch! Das ist kindliche Früherziehung. Das wird gefördert. – Wie geht's dir?"

„Ganz gut eigentlich. Ich... Nick hat ganz furchtbare Laune im Moment. Er redet kaum mit mir."

„Habt ihr euch gestritten?"

„Nein, gar nicht. Wir haben Freitag da in dem großen Haus so ein ‚Neujahrs Willkommen' gefeiert, er hat uns nach Hause gebracht, also zwei Nachbarn und mich, und Samstagmorgen in Evas Stall konnte man ihn nicht mal mit Samthandschuhen anfassen. Ich weiß nicht, was der hat. Der sagt nur das Allernötigste."

„Vielleicht kommt der auf der Arbeit nicht weiter?"

„Keine Ahnung. Das wollte ich dich fragen. Er sagt gar nichts."

„Ich guck gleich mal, was im Netz über den Fall steht. Hast du mit Fabian gesprochen?"

„Nein! Du?"

Anna biss sich auf die Zunge. Sie hatte die Frage falsch gestellt.

„Anna?"

„Ja, bin noch da", murmelte sie zerknirscht.

„Was sagt er?" wollte Andrea wissen.

„Es tut mir leid, Andrea. Ich wollte nicht..."

„Sag schon: was hat er gesagt?"

„Er... Er hat gefragt, ob du Weihnachten da warst und ob du noch da bist."

Andrea schwieg.

„Andrea? – Andrea? Entschuldige. Ich hätte nichts sagen sollen. Er hat mich angerufen. Ich hab ihm gesagt, dass er dich anrufen soll... Ich dachte... er hätte dich schon angerufen..."

„Nein, hat er nicht. Wann hat er dich denn angerufen?" Ihre Stimme klang nüchtern, so, als würde sie nach dem Wetter in Kalifornien fragen. Anna wusste, dass es ihr nicht so gleichgültig war, wie sie tat. Es ging ihr sehr nah.

„Samstag."

„Und... und... Wieso hat er mich nicht angerufen?" Ihre Stimme brach.

„Ich weiß es nicht, Süße! – Nicht weinen! Nicht wegen dem Blödmann!"

„Mmh!" schluchzte sie.

Warum musste Nick jetzt so schlechte Laune haben? Anna hatte nur seine Nummer, Evas nicht, die von Nicks Kollegin Marion nicht und auch sonst von niemandem aus Andreas Umgebung. Sie war zu weit weg, um zu ihr zu fahren. Und sie konnte Sophie nicht noch mal in Urlaub schicken. Sie konnte nur Nick bitten, nach Andrea zu sehen.

„Anna?"

„Ja?"

Andreas Stimme war wieder fester: „Wenn du noch mal mit ihm sprichst oder einem seiner Kumpels oder Arbeitskollegen begegnest, sag ihm, dass er sich eine neue Freundin suchen kann. Ich... Ich will nicht mehr mit ihm zusammen sein."

„Mmh", murmelte Anna. Sie verstand ihre beste Freundin. Diese Bitte würde sie ihr aber nicht erfüllen. Und sie wusste, dass Andrea die Bitte zurücknehmen würde, wenn sie sich beruhigt hatte.

„Ich geh jetzt baden. Danach geht es mir bestimmt besser. Und dann bestell ich mir eine Pizza mit dreifach Käse!"

Anna grinste: „Meinst du, Pizza ist eine gute Alternative zu Fabian?"

„Die beste! Aber nicht nur zu Fabian. Zu allen Männern: ist einfach, anspruchslos, unkompliziert und immer da, wenn man sie braucht. Außerdem wunschgemäß und immer genug."

Anna lachte: „Ich glaube, nur du kommst auf die Idee, Männer mit Pizza zu vergleichen. Soll... Soll ich versuchen, dieses oder nächstes Wochenende zu kommen?"

Andrea bekam schlagartig gute Laune, lehnte aber ab: „Nein. Danke! Aber du kannst Sophie nicht schon wieder aus dem Alltag reißen. Ich schaff das schon!"

„Mmh. Aber du rufst an, wenn es dir nicht gut geht, ja?" –

„Ja, klar! Danke, Anna."

Nick ließ sein Handy lange klingeln, bevor er dran ging: „Wilms."

„Nick, hier ist Anna. Arbeitest du noch?"

Gegen seinen Willen musste er grinsen: „Ach, das Teufelchen. Ja, bin noch im Büro. Was gibt's?"

Verwirrt schwieg sie.

Nick lachte: „Andrea hat mir erzählt, dass du mich als Engel bezeichnet hast, der ihr zuhört, wenn es um Fabian geht und du...“

„Das hat sie dir erzählt?“

„Mmh. Sie war ziemlich betrunken. Fand ich aber nett von dir. Danke.“

Anna grinste: „Verallgemeinere das bloß nicht. Das gilt nur, wenn es darum geht, sie zu trösten. – Bist du sauer auf sie?“

„Wie kommst du darauf?“ brummte er unwillig.

„Sie hat gesagt, du redest kaum mit ihr. Ich... Ist auch egal. Klärt das unter euch. Ich wollte nur fragen, ob du mir die Nummer von deiner Kollegin gibst, mit der sie sich so gut versteht. Marion, glaube ich.“

„Warum das denn?“ wundert sich Nick.

„Ich hab eben mit Andrea telefoniert und mich verplappert. Fabian hat mich Samstag angerufen und gefragt, ob Andrea Weihnachten hier war. Ich hatte gedacht, er hätte sie schon angerufen...“

„...was er nicht getan hat.“

Nicks Stimme klang verächtlich.

„Nein, natürlich nicht. Und jetzt... Ihr geht's nicht gut. Aber ich muss bei Sophie bleiben. Und wenn ihr Streit habt... aber ich habe Marions Nummer nicht.“

Nick schwieg. Es gefiel ihm nicht, Streit mit Andrea zu haben.

„Hab keinen Streit mit ihr. Hab nur viel zu tun.“

„Der Tote aus Dortmund?"

„Mmh."

„Wie weit seid ihr denn?"

„Irgendwas stimmt nicht. Seine Fingerabdrücke sind ganz seltsam angeordnet. Und wir wissen immer noch nicht, wer er ist. – Hast du dir den Fall angeguckt?"

„Ich war neugierig."

„Stimmt, du hast Andrea ja auch erzählt, dass Treilert jung und hübsch wäre."

Anna lachte: „Ist sie das nicht?"

„Doch."

„Will sie dich jetzt verkuppeln?"

„Nein, glaub nicht. Sie heißt ja nicht Eva Peters."

„Ja, stimmt. Das macht sie nicht. Und? Fingerabdrücke und DNA sind nicht in der Datenbank?"

„Nein."

„Zahnärzte?"

„Mmh, dauert aber."

„Vermisstendatei?"

„Kein einziger Treffer. Die Kugel bringt uns auch nicht weiter."

„Gibst du mir jetzt Marions Nummer?" hakte Anna nach.

„Ich guck gleich nach ihr", murmelte Nick.

„Echt? Ich glaube, das wäre ihr am liebsten."

„Mmh, klar", brummte er.

„Sie will sich Pizza bestellen. Mit dreifach Käse. Vielleicht bekommst du auch eine?" freute sich

Anna. Er war Andreas bester Freund in der Gemeinde und niemand würde sie besser trösten können.

Nick lachte: „Mit dreifach Käse? Das kann nur ihr einfallen!"

Eigentlich hatte Nick nicht die geringste Lust, zu Andrea zu fahren. Sonst war er gerne bei ihr, aber heute wollte er nicht. Erklären konnte er das nicht. Er gab sich selbst einen Ruck und drückte den Klingelknopf. „Pizzataxi", verkündigte er fröhlicher als ihm zumute war, als Andrea die Tür öffnete. Ihre Augen waren rot, aber sie lachte, als sie ihn sah. Er hatte den Eindruck, sie wäre ihm um den Hals gefallen, wenn die Pizzaschachteln nicht im Weg gewesen wären.

„Hallo Nick! Schön, dass du kommst! Komm rein! Du bist genau richtig: ich wollte gerade Pizza bestellen."

Ihre Freundlichkeit tat ihm gut. Sie beobachtete, wie er die Jacke auszog, die er ihr geliehen hatte, als ihr am Abend von Liedners Tod so kalt gewesen war. Sie sehnte sich plötzlich nach dieser Wärme.

„Die obere ist für dich", brummte er.

„Was ist da drauf?"

„Dreifach Käse und auf der einen Hälfte zusätzlich Schinken."

Andrea lachte auf: „Schande! Du kennst mich verdammt gut!"

Er grinste: „So gut auch wieder nicht: hatte Hilfe von Anna."

Verwirrt sah Andrea ihn an: „Du hast sie angerufen?"

„Nee. Sie mich."

„Dann... Dann hat sie dir von Fabian erzählt?"

„Ja, hat sie", murmelte der Hüne leise. Wut auf Fabian und Mitgefühl für Andrea lähmten ihn. Er sah sie nur an. Zwei Tränen kullerten über ihr schönes Gesicht. Es brach ihm das Herz.

Doch gerade, als er sie umarmen wollte, schüttelte sie den Kopf und wischte die Tränen weg: „Komm, lass uns essen. Riecht lecker, was du gekocht hast."

Er lächelte nur. Sie war nicht so stark wie sie gerne tat.

Samira begrüßte Nick freudig, als sie ins Wohnzimmer kamen. Dann schmiegte die schlanke Tigerkatze sich aber schnurrend an Andrea.

„Sammy versucht die ganze Zeit mich aufzumuntern", erklärte Andrea.

„Mau!" bestätigte Samira überzeugt und zufrieden.

„Dann bin ich ja überflüssig", überlegte Nick.

„Aber bleib trotzdem", bat Andrea.

Samira knurrte leise. Sie strafte Nick mit einem vernichtenden Blick.

„Ja, ich bleibe ja", lachte Nick.

„Wann hast du mit Anna gesprochen?"

„Gerade eben. Nachdem ihr aufgelegt hattet", antwortete Nick.

„Hat sie dir gesagt, dass Fabian sie gefragt hat, ob ich Weihnachten in Frankfurt war?"

„Mmh."

„Und... Also..."

„Was ich dazu sage?"

„Mmh."

„Gib mir `n G22", grollte er düster.

„Was ist das?"

„Nix."

„Nick! Sag schon."

„Ein Scharfschützengewehr", murmelte er ertappt. Er klang fast wie ein kleiner Junge, den man mit einer Steinschleuder und zerbrochenem Kristall gefunden hatte.

„Danke." Sie flüsterte fast.

„Vergiss den Idioten! Der verdient dich nicht! Frag Jo! Der…"

„Aber… vielleicht…"

„Nein! Kein ‚vielleicht'! Herrgott! Du hast wegen dem schon viel zu oft ‚vielleicht' gesagt! Der ändert sich nicht mehr! Wenn du den heiratest, solltest du dir direkt einen Liebhaber dazu nehmen. Und wenn du Kinder willst, kannst du genauso gut zur Samenbank gehen. Aber wahrscheinlich haben die Kinder dann noch eher einen Vater, der sich kümmert, als wenn er der Vater ist."

Andrea schwieg erstaunt. So deutlich hatte ihr das noch niemand vor Augen geführt.

„Meinst du nicht, dass er…"

„…sich ändert? …ein Familienmensch wird? Quatsch! Der hat doch gerade erst angefangen. Wenn die Kanzlei läuft, hört der auch nicht mehr auf. Und Wirtschaft ist ein florierendes Geschäft. – Wenn er dich lieben würde, wäre ihm sein Job und jeder verdammte Prozess scheißegal, wenn du nach Frankfurt kommst, an Weihnachten, Silvester und wenn du dich wieder verabschieden musst!"

Sie schwieg. Es fiel ihm schwer, das beschriebene Szenario nicht abzuschwächen. Aber er schaffte es. Es gefiel ihm nicht, weil er wusste, dass es ihr wehtat.

„Jetzt bist du der Teufel", murmelte sie nach einer Weile. Er erschrak. Klein wirkte sie, viel kleiner und zerbrechlicher als sonst. Sie hatte sich wieder unter eine Decke gekuschelt. Tränen erschienen in ihren hellen Augen. „Anna hat..."

„Ich weiß. Das hast du mir erzählt. Ich wollte nicht..."

„Nein!" unterbrach sie ihn. „Du hast Recht! Nicht entschuldigen! Aber so deutlich... Ich muss darüber nachdenken."

Schweigend aßen sie ihre Pizza auf.

„Seid ihr mit dem Toten im Auto weiter?" wollte Andrea wissen.

„Nein, nicht wirklich. Es passt alles nicht zusammen."

„Erzählst du es mir?"

Er wiederholte, was er zuvor Anna schon erzählt hatte.

„Wie sind die Fingerabdrücke denn angeordnet?"

„Von vorne auf dem Lenkrad. So, als hätte er mit den Fingerspitzen gelenkt."

Andrea probierte es an einem gedachten Lenkrad vor sich aus. Schließlich meinte sie: „Vielleicht sollte es so aussehen, als hätte er den Wagen selbst auf den Parkplatz gelenkt, und der Mörder hat seine Fingerabdrücke – also die des Toten – auf das Lenkrad gedrückt?"

„Und warum hat er die Leiche dann in den Kofferraum gelegt? Er hätte ihn doch auf dem Fahrersitz sitzen lassen können. Dann noch durch das Seitenfenster in den Kopf geschossen und jeder wäre von einem Jagdunfall ausgegangen."

„Das wäre sofort aufgefallen. Vielleicht brauchte er ein paar Tage um irgendwelche Spuren zu beseitigen", überlegte Andrea.

„Dann war es alles überstürzt?"

„Vielleicht. – Aber wieso hier? War er geschäftlich hier?"

„Keine Ahnung. Wir wissen nichts über ihn. Wir haben in der Umgebung alle Firmen gefragt, die Verbindungen ins Ruhrgebiet haben. Niemand hat ihn gesehen."

„Wieso wird das Auto in Dortmund gestohlen und taucht hier wieder auf? – Anna sagt, der Mord war persönlich?"

„Die Waffe war aufgesetzt. Das ist normalerweise persönlich, ja."

„Jemand klaut in Dortmund ein Auto, nimmt jemanden mit, den er kennt, aber umbringen will, erschießt ihn und packt ihn in den Kofferraum. Dann täuscht er vor, der Ermordete wäre selbst gefahren und lässt das Auto auf einem abgelegten Parkplatz stehen. Er muss auf jeden Fall einen Komplizen gehabt haben, weil er das Auto ja hier lassen musste. Oder der Mörder kommt von hier.

Oder... – Zuviel ‚oder‘", murmelte sie resigniert. „Wo ist er ermordet worden?"

„Keine Ahnung. Nicht im Auto."

Andrea seufzte: „Das ergibt alles keinen Sinn. Wie verstehst du dich denn mit der Kommissarin?"

„Sie war nicht lange hier. Ist aber ganz nett. Und sehr ehrgeizig."

„Auch intelligent?"

„Mmh, denke schon. Wie gesagt: sie war nicht lange hier."

„Beteiligt sie dich an den Ermittlungen?"

„Mmh. Schickt mir ihre Ermittlungsergebnisse. Aber sie kommt auch nicht weiter."

„In dem Café, in dem ich eben auf dich gewartet habe, war so ein Kaffee-Kränzchen. Die haben von Ludwig Liedner erzählt. Die einen meinten, er hätte Spielschulden, die anderen, er hätte sich mit einem Apotheker gestritten. Eine Frau war die ganze Zeit am Jammern, dass er seiner Frau nie die Kreuzfahrt geschenkt hätte, die sie sich zur Hochzeit gewünscht hatte. Und jetzt, wo er es könnte, wäre er gestorben."

Nick lachte: „Das ist ja auch wirklich eine Frechheit: erst ist er da und hat nicht genug Geld, jetzt hat er genug Geld und dann stirbt er einfach."

„Nick, ich weiß, du hörst das nicht gerne, aber... Leuter haben das auch erzählt. Die meinten, Liedner hätte Streit mit dem Apotheker von Heidberg gehabt. Angeblich ging es um Geld."

Normalerweise fand Nick es lustig, wenn sie versuchte, ihn schonend auf etwas vorzubereiten, aber manchmal war ihre Vorsicht auch sehr klug. Statt sich über Leuters aufzuregen, seufzte er: „Mmh, okay. Ich frag mal nach."

„Gehst du zur Beerdigung?" wollte Nick wissen.

„Wann ist die?"

„Morgen, siebzehn Uhr."

„Mmh, wenn ich kann, komme ich. Und du?"

„Ich bin auf jeden Fall da."

„Diese kleine Frau bei Leckrenräumer, hat die das ganze Gerede ernst gemeint?"

Nick grinste: „Ich glaube schon. Lieschen ist ein bisschen verrückt."

„Kommt die auch?"

„Da kannst du Gift drauf nehmen. Du hast doch gehört, welchen großen, tragischen Verlust die Gemeinde erlitten hat. – Sie wird allein deshalb schon kommen, weil sie sehen will, wer nicht kommt."

„Oh Gott! Wie Leuters?"

„Schlimmer! Lieschen kommt dich holen, wenn sie meint, du müsstest bei irgendwas dabei sein. Dafür leiht sie sich schon mal das Auto der Nachbarn – ohne die vorher zu fragen. Einen Führerschein hat sie auch nicht. Die ersten drei Mal haben Hansen, also die Nachbarn, den Wagen gestohlen gemeldet. Einmal haben die holländischen Kollegen Lieschen gefunden – völlig orientierungslos. Jetzt haben Hansen ein Sicherheitsschloss an der Garage und einen Peilsender im Wagen."

Andrea stöhnte: „Wie hältst du die ganzen seltsamen Typen hier aus?"

Nick zuckte grinsend mit den Schultern: „Keine Ahnung. Leben und leben lassen. Es bleibt ja nicht nur an mir hängen."

„Das Auto sollte gestohlen werden", fiel Andrea auf einmal ein. „Deshalb ist es hier auf einen abgelegenen Parkplatz in der Nähe der deutsch-holländischen Grenze gebracht worden: es sollte mit der Leiche geklaut werden."

„Und die Fingerabdrücke?"

„Keine Ahnung. Das war bestimmt nur zur Sicherheit. Oder nicht richtig nachgedacht."

„Wie kommst du darauf?"

„Ist doch gut überlegt: ich stelle einen fast fabrikneuen Audi A5 oder 6 auf einen unbeobachteten Parkplatz, im Kofferraum die Leiche, die weg muss. Jemand klaut den Wagen, bringt ihn hoffentlich über die Grenze, da wird die Leiche entdeckt und der Dieb ist der erste Mordverdächtige: einfacher Raubmord. Oder er entsorgt die Leiche. Dann ist auch alles in Ordnung. – Oder ist die Zusammenarbeit mit den niederländischen Behörden so gut?"

Der Polizist nickte langsam: „Stimmt, das kann schon mal eine Weile dauern. Aber warum er sterben musste, wissen wir immer noch nicht. Und wer er ist und wo er ermordet wurde auch nicht."

Am nächsten Tag ging Andrea zur Kirche des Dorfes. Es war eine riesige, beeindruckende Kirche, die Platz für die Bewohner von drei Dörfern in der Größe von Niederheid bot. Staunend betrachtete Andrea die hohen Säulen des gotischen Gotteshauses und die bunten Fenster. Die Schuhe einiger Frauen klackten laut auf dem steinernen Boden und der Hall erfüllte die ganze Kirche. Andrea war froh, dass ihre Sohlen weich waren. Kalt war es in dem riesigen Raum. Andrea suchte sich einen Platz etwas abseits von den anderen. Die ersten fünf Reihen waren dicht besetzt mit Angehörigen und Freunden. Als die Trauergemeinde sich zum Eröffnungsgesang des Gottesdienstes erhoben hatte, gesellte sich Nick zu ihr.

„Kommst du auch schon?"

„Sonst komm ich erst zur Kommunion", gab Nick mit einem breiten Grinsen zurück. Dabei schlug er das Gesangsbuch an der richtigen Stelle auf und sah sie an: „Singst du nicht mit?"

Die erste Erwiderung, die ihr auf der Zunge lag, schluckte sie angesichts des Ortes, an dem sie war, runter. „Ich bin nicht so sicher mit dem ganzen Kirchenkram wie du. Sing du für mich mit."

Nick unterdrückte ein Lachen. Da der Gesang verstummte, konnte er nicht antworten.

„Bekommst du die Kommunion überhaupt? Musst du nicht vorher jede Menge beichten?"

Nick biss sich auf die Zunge. „Würde zu lange dauern, sagt der Pfarrer", brachte er leise heraus.

Andrea hielt sich möglichst dezent den Mund zu, um ihr Lachen zu ersticken.

„Das ist eine Trauerfeier. Meinst du nicht, wir sollten etwas ernsthafter sein?"

„Ich kann mir nicht vorstellen, dass Liedner was dagegen hat, wenn wir ein bisschen Spaß haben. Der schien kein Kind von Traurigkeit gewesen zu sein."

„Stimmt auch wieder", murmelte Nick und stand mit der Gemeinde auf. Andrea beeilte sich, ebenfalls aufzustehen.

„Soll ich dir hoch helfen?" bot er an.

Andrea grinste: „Danke, das ist noch nicht nötig."

„Weißt du wie das mit dem Bekreuzigen geht?"

„Ich ja. Du auch?" Sie sah zu ihm auf: „Wow! Du siehst gut aus. Gestern sahst du wie ein Gangster aus dem Wilden Westen aus, heute im Anzug wie ein Banker – sogar mit Krawatte. Nur die Polizeiuniform steht dir irgendwie nicht."

Er musterte sie amüsiert. Sie hatte ihr blondes Haar zu einem Zopf gebunden und ihre hellen Augen waren schön dunkel umrandet, sonst trug sie kein Make-up. Ihren Mantel hatte sie geschlossen und die Arme eng am Körper verschränkt.

„Willst du sagen, ich mach mich als Verbrecher besser?"

Sie zuckte mit den Schultern und machte ein zu unschuldiges Gesicht.

Er lachte leise: „Ist dir kalt?"

„Es geht. Hab kalte Füße, trotz zwei Paar Socken."

„Beweg die Zehen, damit da Blut rein kommt."

„Ist das dein Anzug?"

Er sah sie erstaunt an: „Ja, klar! Wessen denn sonst?"

„Ich wusste nicht, dass du einen Anzug hast. Hast du den noch von Jos Hochzeit?"

Nick grinste: „Ich war Trauzeuge. Mit dem Anzug hätte Jo mich eigenhändig vor die Tür gesetzt!"

„Dabei steht der dir wirklich gut! Du siehst so aus, als würdest du immer im Anzug rumrennen." Weil er sie verständnislos ansah, erklärte sie: „Leute, die sonst nur Jeans tragen, benehmen sich ganz komisch im Anzug."

Er zuckte mit den Schultern: „Ist doch auch nur Stoff."

Mit Mühe unterdrückte Andrea ein Lachen. Erklären konnte sie ihm nicht, warum sie lachen musste.

Als die Menschen sich erhoben und andächtig anstanden, um die Kommunion zu empfangen, setzte Andrea sich auf die Bank.

„Gehst du nicht mit?" wunderte sich Nick.

„Nein." Sie machte ihm Platz, damit er an ihr vorbei kam.

Er dachte nicht daran: „Warum?"

„Nachher mache ich was falsch, stolpere, finde meinen Platz nicht mehr oder so was."

Er sah sie erstaunt an, ging dann aber an ihr vorbei. Andrea beobachtete, wie der Pfarrer, ein älterer, freundlich wirkender Mensch, und seine beiden Helfer den Menschen die kleinen symbolischen Gebäckstücke in die Hand drückten und jedes Mal ‚der Leib Christi' murmelten. Sie mochte diese Zeremonie. Aber sie mochte nur zusehen. Selbst mit den vielen Menschen in der Schlange dicht gedrängt zu warten, dass man endlich vor den Pfarrer geschoben wurde, erschien ihr dem Anlass nicht angemessen. Sprechen durfte man nicht. Jeder ging für sich alleine hin. Dabei war das letzte Abendmahl Christi eine gesellige Runde gewesen, mit allem, was die Menschen ausmachte: Freude, Leid, Freundschaft, Angst, Hoffnung, Intrigen, Zweifel und dem innigen Wunsch, das Richtige zu tun. Aber hier in der Kirche ging jeder für sich auch alleine wieder weg. Niemand sah seinen Nachbarn an, niemand sprach, niemand teilte diese heilige Erfahrung mit seinen Lieben.

Nick trat wieder zu ihr. „Hey", sagte er sehr leise und berührte sie am Arm. „Hier."

Er brach seine Hostie und gab ihr die Hälfte.

Perplex starrte sie ihn und die halbe Oblate in seiner Hand an.

„Für dich", bekräftigte er.

Als sie sich gefangen hatte, nahm sie sie. Von der Geste gerührt, vergaß sie das Beten nachdem sie die Oblate gegessen hatte. Sie kniete einfach verwirrt, glücklich, dankbar und erstaunt neben ihrem besten Freund, hatte die Hände gefaltet und die Augen geschlossen. ‚Danke' hat sie nicht gesagt. Aber sie hätte auch nicht sprechen können.

„Fährst du noch mit zum Kaffeetrinken?" fragte Nick, als der Sarg ins Grab gelassen worden war und die Trauernden sich von Ludwig Liedner verabschiedeten.

„Nein, hatte ich nicht vor. Du?"

„Nein. Muss wieder arbeiten. Gestern sind wieder zwei Felder verwüstet worden."

„Wie denn?"

„Ich denke, jemand ist mit ein oder zwei Quads drüber gefahren. Viele Spuren gibt es nicht, weil der Boden gefroren ist. Aber `ne ganze Reihe Keime vom Wintergetreide sind abgebrochen, was natürlich den Ertrag stark mindert."

„Wer macht denn so was?"

„Jugendliche nehme ich an, die zu Weihnachten ein Quad bekommen haben."

„Sind die Felder alle vom gleichen Bauern?"

„Nein. Und auch nicht nah beieinander. Die scheinen völlig willkürlich ausgewählt worden sein."

„Wer ist deine Begleiterin, Nick?" Leise und freundlich trat der Pfarrer zu ihnen.

„Hallo Pfarrer Greisen. Es war eine schöne Messe. Danke. Andrea Jansen. Sie arbeitet bei Schlichter Hofmeister. Andrea, das ist Pfarrer Greisen."

Der Mann mit den ruhigen Augen und dem grau melierten Haar gab beiden die Hand: „Hallo Frau Jansen. Ich habe von Ihnen gehört: Sie helfen unserer Polizei. Ich freue mich, Sie kennen zu lernen – auch wenn der Anlass ein so trauriger ist."

Andrea lächelte: „Danke. Ich freue mich auch. Ihre Predigt war sehr schön!"

„Das freut mich, dass sie Ihnen gefallen hat. Sagen Sie: warum sind Sie zur Messe gekommen? Kannten Sie den Verstorbenen?"

„Nein. Aber seine Frau. Sie hat mich um Hilfe gebeten, als sie ihren toten Mann gefunden hatte."

„Oh. Das tut mir leid. Das war sicher nicht schön."

Andrea erinnerte sich an den Abend: sie war hauptsächlich sauer auf Fabian gewesen. Der Tote hatte sie nicht sehr interessiert. Um die Witwe hätte sie sich mehr kümmern können. Aber wie? Sie hatte kaum mit ihr Schritt halten können, so aufgescheucht war sie herumgerannt.

„Seh ich dich am Sonntag, Nick?"

„Nein, tut mir leid. Ich hab zu viel zu tun. Sie haben doch sicher von dem Toten auf dem Waldparkplatz gehört."

„Ja. Schlimme Sache! Und dann noch diese verwüsteten Felder. Schön, dass dir deine Arbeit Spaß macht, Junge. Ich hätte keine Freude daran. Aber jemand muss sie machen. Frau Jansen, Sie sind herzlich am Sonntag zu uns in den Gottesdienst eingeladen. Ich wünsche Ihnen noch einen schönen Tag. Nick, meine Tür steht dir immer offen, wenn du Rat oder Trost suchst. – Für Sie natürlich auch, Frau Jansen."

Andrea sah ihm nach: „Ein netter Mann."

„Mmh."

„Er duzt dich."

„Mmh. Er hat mich getauft und gefirmt. Wie die meisten von uns. Die meisten hat er auch getraut, Jo zum Beispiel. Und Jos Kleinen wird er auch taufen…"

„Herr Hauptwachtmeister. Das ist aber schön, dass Sie auch gekommen sind", unterbrach Lieschen sie. „Aber bei so einem anständigen Kerl wie Ludwie ist das ja auch nicht schwer. Frau Jansen, sehr anständig von Ihnen, dass Sie gekommen sind. Sie scheinen mir ein netter Mensch zu sein."

Die Frau gab ihnen die Hand, dann ging sie mit der Trauergemeinde weiter.

Andrea schluckte. „Sie weiß meinen Namen."

Nick grinste: „Willst du Schutzhaft?"

Sie boxte ihn sanft in den Bauch, es war mehr eine Andeutung: „Blödmann! Die Frau ist wirklich seltsam!"

„Das steht außer Frage. – Gibt es eigentlich einen Begriff für das Verletzen von Beamten?"

Andrea sah ihn erstaunt an: „Weil ich dich ein bisschen geboxt habe?" Sie grinste: „Gibt es bestimmt. Aber wenn ich den sage, ist das Beamtenbeleidigung."

Nick lachte auf: „Dann sag es besser nicht."

„Sie hat dich degradiert", fiel ihr dann auf.

Nick machte eine wegwerfende Handbewegung: „Als ich gerade meinen zweiten Stern hatte, hat sie mich mit ‚Leutnant' angesprochen."

„Das ist doch rein militärisch, oder?"

„Ja. – Sie hat einfach keine Ahnung. Sie meint es nicht böse."

Langsam schlenderten sie über den Friedhof zum Parkplatz zurück. Die Wege zwischen den gepflegten, aber teilweise auch verfallenen Gräbern waren verschlungen. Im Sommer musste es unter den großen Bäumen schön kühl sein. Und im Frühjahr würden die Bäume in vielen verschiedenen Grüntönen austreiben. Andrea war noch nie auf dem Friedhof gewesen. Aber sie nahm sich vor, noch mal herzukommen und sich die Gräber mit ihren teilweise alten, bemoosten Grabsteinen und die imposanten Bäume anzusehen.

„Hast du Verwandte hier auf dem Friedhof?" wollte sie von Nick wissen.

„Mmh, klar. Meine Familie lebt seit Generationen in dem Dorf."

Andrea schwieg beeindruckt.

„Warum?" wollte er wissen.

„Nur so."

„Dahinten, bei den ganzen alteingesessenen Familien, direkt neben der Kirche, ist unsere Gruft. Wir sind eine der ältesten Familien hier. Angeblich haben wir den Soldaten aus Napoleons Armee Bier mit Schlafmittel gegeben. Und davor sollen wir hier Stadthalter gewesen sein. Aber ich denke, das sind nur Wunschträume meiner Oma."

„So alt ist das Dorf?"

„Mmh, im Rathaus gibt's eine kleine Ecke mit der Geschichte von Niederheid. Mit der Schulklasse geht man dahin und dann normalerweise nie wieder. Die Aufzeichnungen sind ziemlich gut erhalten, weil das Dorf zu klein für die Alliierten war. Aber – meine Schwester hat mal nach unserer Geschichte geforscht: sie hat keinen Verweis auf den Namen ,Wilms' gefunden."

„Und Jo? Wo liegen seine Verwandten?"

„Im Nachbarort. Die kommen eigentlich aus Leesebruch."

„Hast du was von deinem Auto gehört?" erinnerte sich Nick, nachdem sie eine Weile schweigend über den Friedhof gelaufen waren.

„Das ist wieder in Ordnung."

„Und was war damit?"

Andrea lachte: „Keine Ahnung. Er hat es mir erklärt, aber ich kann so was nicht behalten. Hat aber nur drei Euro gekostet."

Nick grinste: „Du willst mir sagen, der hat `ne Rechnung über drei Euro geschrieben?!"

„Nein… Äh… Ja, sicher, ,Herr Hauptwachtmeister'…"

Nick lachte: „Vergiss es. Aber sag ihm das nächste Mal, drei Euro soll er aus der Portokasse nehmen."

„Das sag du ihm! Ich bin froh, dass das Auto wieder läuft! Und drei Euro kann ich ihm gut dafür geben."

„Hast du den schon abgeholt? Wie bist du denn hingekommen?"

Sie blieben vor ihrem Wagen stehen. „Sven hat mich gebracht. Der wohnt ja da in der Nähe."

„Sven?"

„Ja, der Geselle von Eva und Jo. Der musste sowieso in die Richtung."

Der Polizist nickte nur.

„Was machst du jetzt noch? Hast du Feierabend?"

„Nee, hab noch viel Arbeit", brummte er.

„Hast du gegessen? Ich hab Hunger. Sollen wir was essen gehen?"

„Nee. Ich ess auf der Wache was. – Ich muss jetzt los." Er ging ohne Abschied und ließ Andrea vor ihrem Auto stehen.

Erstaunt sah sie ihm nach.

„Nick! Kommst du auch noch?"

„Was für eine Ehre!"

„Immer schön, wenn der Polizeichef mitsäuft!" begrüßten seine Freunde ihn Samstagabend. Einmal im Monat trafen sich die drei Landwirte Jo Peters, Holger Borejaans und Malte Lohden, der Hufschmied Jan Brechtsohn, der protestantische Pastor Armin Themen und Nick in der Dorfkneipe. Zur Pflanz- und Erntezeit sagten die Bauern schon mal ab, aber meistens schafften es alle, den Termin einzuhalten. Seit ihrer Jugend trafen sich die sechs Männer.

„Euch kann man doch nicht alleine lassen", brummte Nick. Armin Themen machte ihm auf der Eichenholzbank Platz. Nick saß kaum, als die Kellnerin ihm ein Glas Bier auf den Tisch stellte.

„Hallo Nick", sagte sie freundlich.

„Uns hat sie nicht mit Namen begrüßt", schmollte Armin und sah ihr verständnislos nach.

Nick grinste zufrieden, kam aber nicht zu Wort.

„Welche Frauen warten denn heute vergeblich auf dich?" wollte der lange, schlaksige Malte wissen.

Nick grinste noch breiter: „Keine. Was denkst du, warum ich so spät bin? Linda sagt, du sollst Brötchen mitbringen."

„Linda würde nie mit dir ins Bett gehen", widersprach Malte aus vollster Überzeugung.

„Wieso ‚Bett'?" feixte Nick.

Jo, Jan und Holger lachten schadenfroh auf.

„Das ist nicht lustig…" empörte sich der kleine, schmale Armin, wurde aber vom einstimmigen ‚Doch!' von Jo und Jan unterbrochen.

„Wenn du meine Freundin anfasst, waren wir die längste Zeit Freunde!" drohte Malte.

„Was denkst du denn, warum sie nach drei Monaten immer noch mit dir zusammen ist? So lange hat es noch keine mit dir ausgehalten. Du solltest Nick dankbar sein", warf der stämmige Holger ein.

„Nick, bevor ich es vergesse: ihr sucht Verbindungen zu der Leiche aus Dortmund, oder?" fiel Jan ein.

„Mmh, so ungefähr. Das Auto in dem sie lag, ist aus Dortmund." Er sah den klugen, athletischen Mann, der einen Kopf kleiner war als er und Jo, aufmerksam an. Er achtete von ihnen am meisten auf sein Aussehen, wobei Nick ihn nicht als eitel bezeichnen würde.

„Vor etwa zwei Wochen war ein Vertreter aus Dortmund bei mir. War ein seltsamer Kerl. Ich hab seine Karte noch irgendwo. Hilft dir das?"

Nick zuckte mit den Schultern: „Keine Ahnung. Warum war der seltsam?"

„Fuhr einen dicken Audi und lief in löchrigen Jeans rum."

„Wie sah er aus?" wollte Nick wissen. Die Aufmerksamen unter seinen Freunden bemerkten eine leichte Anspannung bei ihm. Vor zwei Wochen war der Tote in Gutzhenrys Auto ermordet worden.

„So groß wie ich, also etwa 1,70 cm, braune Haare, etwa 45 Jahre alt."

„Kannst du morgen zur Wache kommen und das noch mal erzählen?"

Jan nickte: „Natürlich. Hilft dir das denn?"

„Würdest du ihn wiedererkennen?"

„Denke schon."

„Wisst ihr schon, wer der Tote ist?" wollte Holger wissen.

„Ich hoffe, Jan sagt mir das morgen", antwortete Nick.

„Uii! Du bist Kronzeuge, Jan, hast du gehört?" staunte Malte. „Du solltest `ne Belohnung verlangen. Wir zahlen schließlich genug Steuern."

Nick, Jan und Holger sahen Malte ungläubig an.

Jo brummte: „So was kann auch nur von dir kommen. Bodden-Dieter hat letztens erzählt, du hättest das beste Stroh. Jetzt weiß ich auch warum: du hast nichts anderes im Kopf."

Holger, Jan und Nick lachten laut auf. Malte musste etwas überlegen, bevor er sich beschwerte und Armin sah Jo empört an.

„Ich komm morgen, Nick", erklärte Jan immer noch lachend. „Aber ich kann doch vorher mit Emily und den Kindern frühstücken, oder?"

„Ja, klar."

Laut, lustig und mit viel Bier ging der Abend weiter. Normalerweise beendeten sie ihre Treffen erst, wenn der Wirt den Zapfhahn reinigte. Doch an diesem Abend meinte Jo gegen ein Uhr: „Ich muss nach Hause. Viel Spaß noch."

„Was?"

„Wieso?"

„Bleib doch noch!"

„Es ist doch noch früh!" redeten seine Freunde durcheinander.

„Muss morgen melken. Muss vorher ein bisschen schlafen", erklärte Jo.

„Du hast doch Angestellte. Ein Wochenende im Monat kommen die doch ohne dich aus", wunderte sich der Hufschmied.

„Tim und Sven sollten eigentlich kommen, aber Sven hat gefragt, ob er frei haben darf. Hat irgendwas vor. Und alleine im Stall… Es ist Wochenende, da sollte man keinen Stress haben."

„Kommt Andrea nicht?" fragte Nick.

„Nee. Die hat Freitag angerufen und abgesagt. Hatte auch irgendwas vor."

„Wie geht es ihr?" wollte Armin wissen.

„Gut. Und noch besser, wenn sie ihren Freund endlich los ist", brummte Jo.

„Was ist mit ihrem Freund?" Armin wurde hellhörig.

Jo schwieg.

Auch Nick antwortete nicht.

„Können wir was für sie tun?" fragte Jan, der wusste, dass Andrea sich gut mit seiner Frau verstand und eine gute Freundin von Nick und Jo war.

Erst als Jo merkte, dass Nick nicht antworteten würde, murmelte er: „Hast du `ne G22?"

Nick sah ihn erstaunt an.

Jo grinste: „Sie hat es Maria erzählt. Und Maria hat mich gefragt, was das ist." Nur Jo nannte seine Frau Maria, alle anderen nannten sie Eva.

„Und was ist `ne ‚G22'?" wollte Armin wissen.

„Ein Scharfschützengewehr", erklärte Jan. „Ich guck mal, was Vater noch im Keller hat..."

„Das meint ihr nicht ernst!?" entrüstete sich Armin, wurde aber ignoriert.

„Opa hat noch `ne alte Weltkriegsbüchse, geht die auch?" bot Holger an.

„Ist die registriert?" brummte Nick.

Erschreckt und schuldbewusst sah Holger den Polizisten an: „Ich... äh... Das weiß ich nicht... Ich..."

„Gott!" stöhnte Nick grinsend. „Wegen euch riskiere ich noch meinen Job! Ich wollte nur wissen, ob das LKA bei euch vor der Tür steht, wenn der Pathologe die Kugel aus Fabians Kopf fischt. Lass das Ding registrieren, Holger! Aber erst..."

„Nick! Du bist Polizist!" warf Armin ihm vor. „Ich werde sie mal besuchen. Sie wird sicher reden wollen", entschloss sich der Pastor.

Jan nickte schadenfroh: „Ja, mach das Hochwürden: sie wird dir sehr dankbar sein und dich nie vergessen!"

„Du kapierst das nie, oder? Frauen haben Freundinnen zum Zuhören! Männer, die zuhören, sehen ihr Bett nicht mal von weitem! – Glaubst du, Nick hat so viel Erfolg bei Frauen, weil er zuhört? Der hört nicht mal uns zu..."

„Ey!" lachte Nick.

Armin schwieg unsicher. Dann wollte er von Nick wissen: „Und was... was soll ich dann machen?"

„Lass sie in Ruhe", brummte der.

„Ja, aber..."

„Armin! Sie hat einen Freund! Und mit dem hat sie Probleme! Herrgott! Wenn du ihr nicht selbstlos Hilfe anbieten willst, lass sie in Ruhe! Selbstlos! Oder kannst du mit deinem Gewissen vereinbaren, dass du die Beziehung zerstörst, weil du deine Hormone nicht kontrollieren kannst?"

„So wie du?" schmollte Armin.

Überrascht sah Nick ihn an. „Du Arschloch!" knurrte er.

„Hoh!" machte Holger überrascht und beschwichtigend.

„Nick!" mahnte Jo, der – wie die anderen auch – eine weniger aggressive Antwort erwartet hatte. Nick war normalerweise der Geduldigste von ihnen.

Nick murmelte etwas Unverständliches. Anschließend leerte er sein Glas in einem Zug und verließ seine Freunde.

„Nick!" Jo lief ihm mit großen Schritten nach.

„Was willst du?" knurrte Nick.

„Was ist los mit dir? Armin redet doch ständig davon, irgendwelche Frauen zu besuchen. Seit wann regt dich das auf?"

Nick blieb stehen. Wütend sah er Jo an: „Der soll sie in Ruhe lassen! Fabian ruft Anna an, um zu fragen, ob Andrea Weihnachten in Frankfurt war! – Das hat sie dir nicht erzählt!?" stellte Nick an Jos Gesichtsausdruck fest. Ruhiger fuhr er fort: „Anna hat mir das erzählt. Ich sollte nach ihr gucken. Sie hat mir völlig verheult die Tür auf gemacht. – Und sie glaubt immer noch, dass der sich ändert! Verdammt!" Nick schlug wütend mit der flachen Hand vor eine Hauswand, so hart, dass Jo kurz darüber nachdachte, ob die Bewohner jetzt senkrecht in ihren Betten standen oder direkt in einen Luftschutzbunker flohen. „Und dann soll sie sich noch mit einem liebestollen Pastor rumärgern, der nur an sich selbst denkt!"

„Is ja gut", murmelte Jo. „Das kann doch keiner wissen. – Komm, lass uns noch ein Bier zusammen trinken."

„Keinen Bock…"

„Komm schon! Man trennt sich nicht im Streit." Nick ließ sich überreden.

Hinter ihnen fuhr ein Auto mit quietschenden Reifen um eine Kurve.

„Spinner!" murmelte Jo. „Wenn hier Kinder wären, würd ich den jetzt aus der Karre holen…"

„Du nicht! Ich! – Der ist aus Dortmund. Sag mir die Nummer", unterbrach Nick ihn.

„Dortmund – Frida-Berta – 310" diktierte Jo.

Nick seufzte leise und notierte die Nummer.

„Habt ihr Berta nicht letztes Jahr verkauft?"

„Mmh, aber wir haben keine andere Kuh mit ‚B'."

Nick grinste schief: „Du hast Malte eben vorgeworfen, nur Stroh im Kopf zu haben und jetzt diktierst du mir ein Kennzeichen mit Kuhnamen?"

„Ich kann mir dieses dämliche NATO-Alphabet nicht merken und du verstehst mich doch. Außerdem sind Berta und Frida ziemlich schlaue Kühe..." Zufrieden sah Jo seinen Freund lachen. Berta und Frida waren alles andere als klug, aber wenn er Nicks Laune damit hob, erfüllte die Behauptung ihren Sinn. Fraglich war, ob Nick die gute Laune behielt, wenn er Armin sah.

„Eifersüchtig?" sang Holger in seiner eigentümlichen Stimme, als Nick wieder saß. Der breite Mann hatte noch nie Feingefühl gezeigt.

„Sie ist ein toller Mensch! Und sie hat es nicht verdient, dass ihr Freund sie Weihnachten und Silvester vergisst. Der Mann, den sie heiraten und mit dem sie Kinder haben will. Das hat niemand verdient!" knurrte Nick.

„Oh!" Holger hob erstaunt die Augenbrauen. Dann fand er seinen stoischen Pragmatismus wieder: „Jans und Jos Frauen wären dann wohl plötzlich Witwe..."

Jan und Jo lachten auf.

„Ja, mit Sicherheit", meinte Jan.

„...und hoffentlich unter Mordverdacht im Gefängnis", fügte Jo an Nick gewandt hinzu.

Der grinste grimmig: „Wieso? Zählt das nicht zu den natürlichen Todesursachen?"

Kapitel fünf

Sonntagmorgen weckte die Sonne Andrea. Es war eiskalt. Schnell lief sie mit ihrer Kleidung über dem Arm ins geheizte Badezimmer. Das Badezimmer hatte sie immer geheizt, ihr Schlafzimmer ließ sie recht kühl. Als sie gewaschen und angezogen in die Küche kam, musste sie als Erstes Samira herein lassen. Laut maunzend verlangte die schlanke Tigerkatze um Einlass. Andrea tat das Tier so leid, dass sie ihr mit heißem Wasser angewärmte Milch gab. Damit war sie sich der Liebe der Katze für den Tag sicher.

„Guten Morgen, liebe Anna", wünschte Andrea ihrer besten Freundin am Telefon.

„Morgen", antwortete Anna vorsichtig.

„Hab ich dich geweckt?"

„Nee, nicht wirklich. Warum hast du so gute Laune? Welcher Mann liegt in deinem Bett?"

Andrea lachte: „Keiner..."

„Bei welchem Mann liegst du im Bett?"

„Hey! Schließ mal nicht von dir auf mich! Liebe Anna, kannst du mir die Ermittlungsakte von Nicks Mordopfer schicken?"

Anna lachte: „Ach deshalb tust du so lieb! Nein! Vergiss es! Das geht dich nichts an!"

„Bitte, Anna! Nick hat so schlechte Laune und ich will ihm ein bisschen helfen. Ich will mir das doch nur mal ansehen. Manchmal sieht man als Außenstehende etwas, was die anderen übersehen.“

„Andrea, das sind hochqualifizierte Polizisten. Die schaffen das schon!“

Andrea grinste: wenn dieses schwache Argument Annas einziges war, würde sie die Akte bekommen.

„Also schickst du mir die Akte“, stellte sie fest. „Ich verspreche dir auch, nicht nach Dortmund zu fahren!“

„Ach, ja gut! Du gibst ja doch keine Ruhe!“ murrte Anna.

„Danke!“ flötete Andrea. „Du bist ein Engel...“

„Klappe! Du kostest mich noch meinen Job! Du liest den Kram nur! Du befragst niemanden, du besuchst niemanden und du stellst keinen Blödsinn an! Versprich mir das!“

„Versprochen!“

Samira war begeistert, als sie sah, wieviel Papier Andreas Drucker auswarf. Es gab für sie nichts Lustigeres, als mit Andrea und diesem raschelnden Papier zu spielen. Andrea schien es nicht ganz so viel Spaß zu machen, aber sie spielte immer mit. Die Katze beobachtete ihre menschliche Freundin genau. Sie musste herausfinden, wann das Spiel beginnen würde. Das durfte sie nicht verpassen.

Aber die Milch in ihrem Bauch machte sie schläf-rig. Und das bequeme, herrlich duftende Körb-chen, das Andrea ihr mal geschenkt hatte, wirkte sich stark beschwerend auf ihre Augenlieder aus. Selig schnurrend schlief sie ein.

Als sie wieder aufwachte, hatte Andrea schon angefangen zu spielen. Sie saß im Schneidersitz auf ihrer Couch und hatte das Papier um sich ver-teilt.

„Mau", kündigte Samira an. Sie sprang auf die Couch, glitt auf dem glatten Papier aus und fiel um.

„Sammy", erschreckte sich Andrea, aber die Katze krallte sich begeistert in das Papier, biss hin-ein, trat es von sich und riss es an sich.

„Sammy, ich brauch den Zettel noch", erklärte Andrea. Sie versuchte, das Papier aus den Krallen zu befreien, aber Samira hielt es fest. Sie schlug mit den Pfoten danach und nach Andreas Fingern und tat, als wollte sie hineinbeißen. Blitzschnell zog Andrea ihre Hand weg. Als sie aufstehen wollte, setzte Samira sich brav auf, legte ordentlich ihren Schwanz um die Pfoten und lächelte Andrea an.

Seufzend setzte sie sich wieder: „Na gut. Aber dann bleib brav! Ich brauche die Zettel noch: damit will ich Nick helfen."

„Mrrrrau!" erklärte Samira, zwinkerte verste-hend mit den Augen und schnurrte. Andrea kraulte die Katze hinter den Ohren. Die schmiegte sich in ihre Hand, legte sich schließlich darauf und schloss verzückt die Augen.

Andrea studierte die Berichte genau. Wenn sie dabei vergaß, Samira zu kraulen, sprang die Katze auf. Wie wild geworden schob sie die Zettel über das Sofa, biss hinein, zerrte daran und zerkratzte sie. Nach einer Weile hatte Andrea keine Lust mehr, die Katze unter Kontrolle zu halten. Sie suchte sich Deckblatt und Inhaltsverzeichnis, zerknüllte beide Seiten und warf sie auf den glatten Fliesenboden. Wie ein Blitz schoss Samira hinterher. Zufrieden widmete Andrea sich wieder ihren Berichten. Wenn der kleine graue Wirbelwind die Papierkugeln unter allen Schränken und Regalen hindurch gejagt hatte, würde sie putzen müssen, aber erst mal hatte sie Ruhe für den Bericht.

Der Tote war 1,73 cm groß und 79 kg schwer, hatte kurzes braunes Haar und braune Augen. Er war etwa vierzig Jahre alt und trug einen einfachen goldenen Trauring. Jeans, abgelaufenen Schuhe und ein altes Hemd hatte der Gerichtsmediziner dokumentiert. Ein Bild von ihm gab es in der Akte nicht. Die eine Kugel in seiner Schläfe hatte ihn getötet, etwa ein halbe Woche bevor Nick ihn gefunden hatte, also vor zwei Wochen. Eine Waffe dazu war in der Datenbank der Polizei nicht registriert.

Gutzhenry hatten einen kleinen Getränkefachhandel am Rand von Dortmund. Sie hatten keine

Probleme mit dem Laden. Das Auto, in dem die Leiche gefunden worden war, war auf die Firma zugelassen. Frau Gutzhenry hatte angegeben, dass ihr Mann deshalb mit dem Zug in Berlin war: das Auto fehlte. In Berlin besuchte Herr Gutzhenry eine Messe. Das Ehepaar war seit sieben Jahren verheiratet, hatte keine Kinder und keine Verwandten in Dortmund. Sie kamen aus Ostbayern. Der Wagen war in der Nacht von Samstag auf Sonntag vor zwei Wochen vom Gelände der Firma verschwunden, also etwa in dem Zeitraum, in dem der Mann im Kofferraum getötet worden war. Vielleicht hatte der Mann den Diebstahl beobachtet? Aber das passte nicht zum aufgesetzten Schuss. Da die Firma in einem Gewerbegebiet lag, hatte niemand etwas bemerkt. Den Toten kannte Frau Gutzhenry nicht. Auf Herrn Gutzhenry war eine Waffe zugelassen, die er nach Angaben seiner Frau mit nach Berlin genommen hatte. Andrea stockte: wieso fuhr er mit Waffe auf eine Messe?

Die Beamten in Berlin suchten nach Herrn Gutzhenry. Wegen der vielen Besucher der Internationalen Getränke- und Delikatessenmesse waren ihre Bemühungen aber bisher erfolglos. Ob es wohl wirklich so schwer war, in Berlin einen bestimmten Mann zu finden? Andrea stellte sich eine Sammel-E-Mail an alle Hotels und Pensionen vor. Außerdem musste seine Frau ihm doch gesagt haben, dass die Polizei ihn suchte: wieso ging er nicht zur Polizei? Vielleicht war er gar nicht in Berlin?

Aber wieso sollte seine Frau das dann behaupten? Glaubte sie es selbst und er belog sie? Herr Gutzhenry war an dem Tag nach Berlin gereist, als Andrea Frau Gutzhenry wegen des Autos angerufen hatte. Frau Gutzhenry hatte gesagt, ihr Mann wäre da, als Andrea mit ihr sprach. Hatte sie sich versprochen oder war der Mann so spät abgereist? Andrea suchte in ihrem Handy nach dem Anruf: sie hatte an dem Tag eine längere Mittagspause gemacht, war zu Frau Liedner gefahren und hatte danach mit Frau Gutzhenry gesprochen. Das war um 15:37 Uhr gewesen, wie ihr Handy angab, und da war Herr Gutzhenry – wie seine Frau am Telefon gesagt hatte – noch in Dortmund gewesen. Im Internet fand Andrea heraus, dass er demnach frühestens kurz nach 19 Uhr in Berlin gewesen sein konnte. Das war ziemlich spät, aber nachvollziehbar, wenn er erst am nächsten Tag zur Messe wollte.

Das Auto der Gutzhenrys, ein schwarzer Audi A6, wies ein paar Kratzer am Seitenfenster auf, die aber laut Kriminaltechnik nicht von einem Diebstahl herrühren konnten. Die Fingerabdrücke des Toten befanden sich nur auf dem Lenkrad, etwas DNA hatte die KT gefunden und einen Blutstropfen vom Toten im Fußraum. Andere Spuren gab es nicht, weder innen noch außen. Das Auto war sauber und ordentlich. Die KT hatte aufgelistet, welche Gegenstände sie im Auto gefunden hatte und es deckte sich mit Frau Gutzhenrys Angaben: nichts war gestohlen worden. Also war das Auto nur gestohlen worden, um damit eine Leiche los zu werden? Oder war es Versicherungsbetrug und die Leiche hatte jemand anderes in den Kofferraum gelegt? Andrea schüttelte den Kopf: das ergab keinen Sinn.

Am Ende der Akte fand Andrea einen Bericht von Kriminalhauptkommissarin Jennifer Treilert. Neben vielen Erkenntnissen, die Andrea vorher schon in anderen Berichten gelesen hatte, schrieb Frau Treilert von einem ‚Stammkunden' im Getränkehandel Gutzhenry. Die Kommissarin beschrieb den Mann als ‚ungepflegt, mit Knast-Tätowierungen übersäht und alkoholisiert um neun Uhr morgens'. Sein Name war Klaus Sperling, er war wegen Körperverletzung vorbestraft und Treilert bezweifelte seine Glaubwürdigkeit. Der Mann hatte ausgesagt, Spannungen zwischen den Eheleuten Gutzhenry beobachtet zu haben. Jedoch führte Treilert die Aussage auf Wunschdenken zurück, da Klaus Sperling offensichtlich in Frau Gutzhenry verliebt war.

Resigniert legte Andrea den Bericht weg. Sie verstand Nicks schlechte Laune: nichts passte zusammen. „Sammy: ein Mann liegt tot in einem Kofferraum. Das Auto gehört einer Firma in Dortmund, die Frau kennt den Toten nicht, der Mann ist in Berlin verschwunden."

Samira hielt in ihrem Spiel inne. Mit ihren gelben Augen betrachtete sie Andrea aufmerksam, dann erschienen in Andreas Kopf der Gedanke: ‚Sie wollte ihn loswerden.'

„Wer? Wen? Und warum?" Da die Katze sich stark konzentrierte, bewegte sich ihre Schwanzspitze wie von selbst. Als sie das sah, stürzte sie sich darauf und versuchte sie zu fangen. Aber sie entwischte immer wieder und so hüpfte die Katze einige Runden hinter ihrem eigenen Schwanz her. Dabei stieß sie an eine der Papierkugeln und stürzte darauf, weil sie ihren Schwanz doch nicht erwischte. Andrea gab auf. Als sie vom Sofa aufstand, sprang Samira darauf. Begeistert schob sie

alle Blätter durcheinander und kämpfte mit allem, was ihr vor die Pfoten kam. Sie hielt nur kurz inne, als Andrea sie mahnte, den Sofabezug zu verschonen. Doch die Versuchung war so groß, dass die Katze nicht widerstehen konnte: sie sprang auf einen Stapel Papier, rutschte damit über das Sofa und fiel von der Sitzfläche. Als wäre sie auf glühenden Kohlen gelandet, sprang sie wieder hoch, sobald sie den Boden berührte. In der Luft drehte sie sich und krallte sich an jedem Stück Sofabezug fest, das sie erwischen konnte.

„Sammy! Du fliegst raus!" warnte Andrea.

Samira wusste, dass Andrea die Drohung wahr machte: mit schrecklich harten, stinkenden Arbeitshandschuhen wurde sie rausgetragen, wenn sie nicht tat, was Andrea wollte. Augenblicklich strahlte Samira Andrea an: „Mau!" erklärte sie und setzte sich brav und gesittet auf die Polster. Für nichts in der Welt wollte sie in die eisige Kälte.

Auf der Internetseite des Getränkemarkts Gutzhenry fiel Andrea nichts Interessantes auf. Nicht mal die Angebote waren bemerkenswert. Sie folgte dem Verweis auf Bilder von einem Sommerfest. Als Facebook Zugangsdaten verlangte, fluchte sie leise. Sie kannte niemanden, der ihr seine Daten zur Verfügung stellen würde. Eva, Jo und Nick waren nicht bei Facebook angemeldet, Anna auch nicht. Polizei und BKA waren in dem Netzwerk vertreten, aber die Zugangsdaten würde sie wohl nicht bekommen. War Marion bei Facebook? Andrea schaltete seufzend den Computer aus. Fabian. Fabian war bei Facebook. Aber sie kannte seine Zugangsdaten nicht. Sie hatte sich nie für soziale Netzwerke interessiert. Vielleicht sollte sie sich bei Facebook anmelden, sich die Bilder ansehen und dann Fabian mitteilen, was sie von ihm hielt? Der Gedanke gefiel ihr. Aber sie hatte das Gefühl, dass sie das später bereuen würde. Sie machte sich etwas zu Essen.

Als sie satt war, fiel ihr immer noch nichts ein. Kurzentschlossen rief sie Frau Gutzhenry an. Das Versprechen, dass sie Anna gegeben hatte, brach sie damit nicht: sie hatte schließlich vorher schon mit Frau Gutzhenry telefoniert. Zu ihrer Überraschung freute sich die fremde Frau über den Anruf.

„Mein Mann ist immer noch in Berlin. Stellen Sie sich vor: minus siebzehn Grad haben die da. Mein Mann kommt da einfach nicht weg. Und dann sind da noch Teile von einer Brücke vom Frost abgesprengt worden und auf die Gleise gefallen. Ich weiß ja nicht... Gauben Sie das? Na, das ist sicher nur so ein Ablenkungsmanöver von der Bahn... Die Polizei wird auch schon ungeduldig. Die wollen Sebastian ja auch fragen, wie das mit dem Auto war. Dabei hab ich denen das alles ganz genau erzählt. Aber... Sie wissen ja, wie das ist. Eine Kommissarin war letztens hier. So eine ganz junge. Aber die konnte auch nichts Neues erzählen. Ich hoffe ja, dass das bald vorbei ist! Die ganze Sache ist echt unangenehm, wissen Sie? Wir..."

Als ‚unangenehm' würde Andrea eine Leiche in ihrem Kofferraum nicht bezeichnen, eher als ‚Katastrophe'. Sie würde Nick und Anna und allen anderen aus Exekutive und Judikative die Hölle heiß machen, damit die Sache geklärt würde. Sie unterbrach die Frau: „Frau Gutzhenry, kann Ihr Mann sich denn kein Auto leihen?"

„Oh, oh! Nein! Das tut er nicht."

„Warum nicht?" Andrea verbarg ihre Überraschung nicht.

„Nein, so was tut er nicht. Nein!"

„Aber Sie werden ihn doch sicher Zuhause brauchen, Sie..." Andrea biss sich auf die Zunge. Sie konnte der Frau wohl kaum erzählen, dass sie sich über sie erkundigt hatte.

Frau Gutzhenry bemerkte es nicht: „Ja, da haben Sie völlig Recht! Aber... Nein, das macht er nicht. Nein, ausgeschlossen."

„Na ja... Berlin soll ja auch sehr schön sein. Da kann er sich ja viel ansehen", sagte Andrea. Langsam wollte sie lieber auf das Auto zu sprechen kommen. Aus irgendeinem Grund musste es gestohlen worden sein.

„Nein! Er hasst Berlin! Das ist ihm zu groß! Und er ist da mal angegriffen worden. Ein... ein... Irgendwer hat ihm ein Messer an den Hals gehalten und wollte all sein Geld haben! Angezeigt hat der den! Aber nix ist passiert. Nein, Sebastian hasst Berlin!"

„Oh! Das ist ja schrecklich! Ist ihm etwas passiert?"

„Nein, nein, alles in Ordnung! Nur eine Narbe hat er behalten. Am Arm. Es sieht halt so aus, als hätte er sich mal die Pulsadern aufgeschnitten, aber das ist auch das Schlimmste... Er hat sich gewehrt."

„Hat er eine Waffe?"

„Nein, damals nicht. Aber danach hat er sich eine gekauft. Eine Pistole. Die nimmt er jetzt immer mit, wenn er verreist." Das erklärte die Waffe und warum er sie mit auf eine Dienstreise nahm.

„Warum geht Ihr Mann nicht in Berlin zur Polizei? Die kann doch auch seine Aussage aufnehmen und dann ist die Polizei zufrieden und Sie haben Ihre Ruhe", schlug Andrea vor.

Frau Gutzhenry zögerte einen Moment, dann erklärte sie: „Ja, das wollte er auch. Aber die Polizisten in Berlin wollten nicht mit ihm sprechen. Die haben gesagt, die haben da so viel zu tun, dass er das mit unserer Polizei klären muss."

Ungläubig fragte Andrea: „Was? Ehrlich? Das kann doch gar nicht sein!?"

„Doch! Wirklich! Ich hab mich ja auch gewundert! Und ich habe die Kommissarin gefragt und die sagt das auch, also dass die Polizei hier das selbst machen muss. Vielleicht ist das so, weil Berlin früher ‚Osten' war?"

Andrea schwieg. Das schien ihr zu weit herge-holt. Sie war auf Nicks Reaktion gespannt, wenn sie ihm das erzählte.

„Was ist das eigentlich für eine Messe, auf der Ihr Mann ist?"

Frau Gutzhenry erzählte Andrea nichts, was sie weiterbrachte. Und wie konnte sie jetzt unauffällig die Aufmerksamkeit auf das Auto oder den verlieb-ten Gewaltverbrecher lenken? Ihr fiel nichts ein und so fragte sie einfach: „Haben Sie Feinde, Frau Gutzhenry? Ich meine: irgendwen, der Ihnen scha-den möchte, indem er diese Leiche in ihr Auto legt?"

Frau Gutzhenry schwieg scheinbar überrascht. Dann meinte sie: „So habe ich noch gar nicht dar-über nachgedacht... Also... Na ja... Ich... Ich weiß nicht... Vielleicht... Ja, vielleicht..."

Andrea unterbrach die Frau, denn ihr schien es so, als hätte sie sich gerade etwas ausgedacht: „Kommen Sie: lassen wir der Polizei die Arbeit. Wis-sen Sie schon, wann Sie Ihr Auto wiederbekom-men?"

„Nein, das konnte mir die Kommissarin nicht sagen. Die hat gesagt, da wären noch Spuren, die wichtig sind. Ach, wissen Sie: ich brauche das Auto gar nicht so. Sebastian ist immer damit gefahren und ich... na ja, ich habe es meistens nur aufge-räumt."

Andrea lachte: „Solche Autos kenne ich. Räu-men Sie meins auch mal auf?"

„Kommen Sie nach hier. Dann mach ich das. Ich kann das gut", grinste Frau Gutzhenry.

Andrea war froh darüber. Ihr eigenes Auto war immer einigermaßen ordentlich. Diese Behauptung sollte nur das Gespräch persönlicher machen und Frau Gutzhenry von Autodiebstahl und Leiche ablenken. „Und dann räumen Sie wirklich mein Auto auf?"

Die Frau lachte: „Ja, klar! Aber Sie bekommen auch eine Rechnung dafür. Sebastian muss auch immer bezahlen. Und je dreckiger das Auto war, desto mehr. Einmal habe ich ihm einen Mittelmeerurlaub in Rechnung gestellt. Danach hat er es nie wieder so dreckig gemacht. Aber dreckig macht er es trotzdem noch."

„Echt?? Und den Urlaub hat er auch wirklich bezahlt?" Die Putzaktionen von Frau Gutzhenry erklärten das saubere Auto. Irgendwas störte Andrea dennoch an ihrer Aussage, aber sie wusste nicht, was.

„Ja, na ja... Der Urlaub war sowieso geplant. Aber wir wollten uns die Kosten eigentlich teilen. Aber dann hat er alles bezahlt." Frau Gutzhenry kicherte vergnügt.

Nach einer Stunde verabschiedete sich Andrea von Frau Gutzhenry. Viel hatte sie nicht herausgefunden. Samira war auf dem Sofa eingeschlafen. Sie hatte alle vier Pfoten von sich gestreckt und ließ sich den Bauch von der tiefstehenden Sonne wärmen.

„Du könntest wenigstens dein Chaos wieder aufräumen", murmelte Andrea. Sie sammelte selbst die Blätter ein, mit denen Samira begeistert gespielt hatte.

Dienstagnachmittag war das letzte ‚Neujahrs-Willkommen', zu dem Andrea eingeladen war. Es sollte bei Leuters stattfinden. Sie rang lange mit sich. Doch schließlich entschied sie sich hinzugehen. Sie kam ziemlich spät. Leuters begrüßten sie kurz, denn sie schien nicht zu den VIPs zu gehören. Andere bekamen Leuters volle Aufmerksamkeit. Andrea bedauerte es nicht. Sie verschaffte sich einen Überblick über das kleine Büfett, nahm sich ein belegtes Brot und sah sich die anderen Gäste an. Die meisten kannte sie nicht. Leuters unterhielten sich angeregt mit der kleinen unscheinbaren Frau, die alle ‚Lieschen' nannten. Das Wohnzimmer war klein und dunkel. Die alten Möbel waren fast schwarz, die Teppiche hatten ihre Farbe verloren. Andrea fühlte sich unbehaglich. Es gab so viele Ecken und Nischen. Und sie hatte nicht den Eindruck, dass sie regelmäßig geputzt würden. Die Kunstblumengestecke an den Fenstern sammelten jedenfalls seit Jahrzehnten Staub. Außerdem war es kalt. Sie behielt die Jacke an.

In einer der Ecken sah Andrea einen der Bauern, mit denen sie im Schlichterbüro häufiger zu tun hatte, aber er schien kein Interesse daran zu haben, dass alle merkten, dass sie sich kannten, also nickte Andrea nur grüßend in seine Richtung.

In Jeans und schwarzem Hemd stand Nick vor einem Fenster und starrte hinaus.

„Hallo Nick", begrüßte Andrea ihn, froh, dass sie jemanden kannte.

Er drehte sich zu ihr um: „Hallo."

„Wie lange muss man hier bleiben, um wieder gehen zu können?"

Das schwarze Hemd ließ ihn noch größer und etwas bedrohlich wirken. Wahrscheinlich hatte er es deshalb gewählt: er wollte die Gastgeber abschrecken. Er grinste: „Haben sie dich gesehen?"

„Ja."

„Dann kannst du wieder gehen."

Andrea lachte: „Und wie lange bleibst du?"

„Bis das Bier leer ist", er zeigte ihr seine noch halb volle Flasche. Er sah sie gerne lachen.

„Wenn ich mich recht erinnere, schaffst du `ne halbe Flasche in einem Zug."

„Mmh. Auch `ne ganze, wenn es sein muss. Aber das wäre dann doch unhöflich."

„Anna hat mir die Akte von deinem Toten geschickt."

Erst wollte er protestieren. Da er aber wusste, dass das rein gar nichts brachte, fragte er: „Und? Hast du was gefunden?"

„Nein. Jedenfalls nicht viel."

„Auf dich kann man sich auch nicht mehr verlassen!"

146

Perplex starrte Andrea ihn an. Grinsend leerte Nick seine Flasche. Ihr erstauntes Gesicht und ihre darauffolgende Freude über seine Stichelei gefielen ihm immer wieder.

„Blödmann!" grinste sie und schlug ihn mit der flachen Hand in den Bauch.

„Ey!" lachte er. „Du bist doch sonst nicht so empfindlich!"

„Ich mach deine Arbeit! Dafür musst du nicht noch mit mir schimpfen."

„Würde ich nicht tun, wenn du meine Arbeit machen würdest. Aber ‚nicht viel' bringt mich nicht weiter, das siehst du doch ein!?"

Andrea strafte ihn mit einem vernichtenden Blick.

Nick legte ihr den Arm um die Schultern und zog sie lachend an sich: „Was hast du denn rausgefunden?" Er ließ sie wieder los.

„Du riechst gut. Und mir ist der Begriff eingefallen. Ist doch gar nicht so schlimm: ‚tätlicher Angriff auf einen Beamten'."

Nick sah sie überrascht an: „Danke. – ‚Tätlicher Angriff'. Und wie viele Jahre Gefängnis gibt's dafür?"

Andrea lachte: „Für das bisschen boxen?" Sie tat es wieder: „Da lacht der Richter dich aus."

Nick grinste: „Nicht, wenn ich ihm die blauen Flecken zeige. Willst du mal sehen?" Er tat, als wollte er sein Hemd aufknöpfen.

„Lass das besser. Sonst kippt Frau Leuter in Ohnmacht und Herr Leuter fordert dich zum Duell...“

„Oh Gott“, stöhnte Nick.

„Was ist das für ein Parfum? Das passt gut zu dir.“ Es roch sanft herb, frisch und ein ganz kleinwenig süß. Andrea gefiel der Geruch, weil er unaufdringlich war.

„Danke. Meine Schwester hat es mir zu Weihnachten geschenkt. Aber frag mich nicht nach dem Namen.“

Andrea lächelte: sie hatte nicht erwartet, dass er den Namen kannte oder es sich selbst gekauft hatte.

„Sagst du mir nicht, was du rausgefunden hast?“ hakte Nick nach.

„Doch, klar: ich hab mich gefragt, warum ihr den Mann, Herrn Gutzhenry, nicht findet? Das kann doch gar nicht sein, oder? Frau Gutzhenry sagt, er wäre in Berlin zur Polizei gegangen und die hätten gesagt, er könnte seine Aussage nicht in Berlin machen, dazu müsste er zur Dortmunder Polizei.“

„Das ist Quatsch! Natürlich können die Berliner die Aussage aufnehmen.“

„Frau Gutzhenry sagt auch, sie hätte die Kommissarin gefragt und die hätte das auch gesagt.“ Nick sah sie so ungläubig an, dass sie sich verteidigte: „Das hat sie so gesagt. Ich wollte es nicht glauben, aber Frau Gutzhenry...“

„Ich frag Treilert. Aber das kann ich mir nicht vorstellen."

„Das Auto ist sehr sauber, oder?"

„Mmh, ein bisschen zu sauber."

„Frau Gutzhenry sagt, sie macht es regelmäßig sauber, weil ihr Mann es immer so dreckig macht. Aber müssten dann nicht doch Fingerabdrücke von ihr im Auto sein?"

„Vielleicht trägt sie Handschuhe?"

„Das hab ich nicht gefragt, daran hab ich nicht gedacht", gab Andrea zu.

„Wieso fragst du sie überhaupt so was? Wie erklärst du ihr solche Fragen?"

„Ich hab nicht direkt danach gefragt. Ich hab gefragt, wann sie ihr Auto wiederbekommt und sie hat erzählt, dass eigentlich nur ihr Mann das Auto braucht. Sie sagte, sie würde es immer nur sauber machen und so sind wir darauf gekommen."

Nick musterte sie amüsiert: „Und unter Frauen ist es ganz natürlich, sich übers Autoputzen zu unterhalten?"

Sie kicherte: „Bei manchen ja. Ich mach das eigentlich nicht, aber ich wollte doch wissen, warum das Auto so sauber ist."

Er nickte: „Sie kann Handschuhe getragen haben, aber normalerweise findet sich dann trotzdem DNA: Haare oder Hautschuppen. Und vom Fahrer auch. Aber wir haben nur die Fingerabdrücke auf dem Lenkrad und ganz wenig – zu wenig – DNA vom Toten auf dem Fahrersitz. Auf den Schalthebeln – Blinker und so was – und an der Gangschaltung ist nichts."

„Dann ist der Tote nicht gefahren?" Nick zuckte mit den Schultern:

„Keine Ahnung. Scheinbar ist niemand gefahren."

Andrea kicherte: „Das gibt mindestens eine Anzeige wegen ‚Fahrens ohne Fahrer' oder?"

Er lächelte nur leicht: „Das wäre mir noch egal, wenn es keinen Unfall gibt. Aber die Leiche im Kofferraum stört mich."

„Vielleicht hatte der Fahrer so einen Schutzanzug an? Diese komischen weißen Dinger, die man auch zum Streichen oder so kaufen kann?"

„Mmh, kann sein. Aber beweisen können wir es nicht. – Ich hab am Wochenende ein paar Hinweise bekommen. Vielleicht bringt uns das weiter."

„Was denn für Hinweise?"

„Bei Jan war ein Vertreter aus Dortmund. Vor zwei Wochen, also als der Mann ermordet worden ist. Zuerst hab ich gedacht, er wäre der Tote, aber Jan hat ihn nicht wiedererkannt. Den Vertreter suchen wir jetzt. Und ich hab hier ein Auto aus Dortmund gesehen. Der Besitzer ist schon mal wegen Drogen aufgefallen."

„Das klingt nicht sehr vielversprechend. Wieso sollte…"

„Ich weiß. Aber mehr hab ich nicht", seufzte Nick.

„Hat dieser tätowierte Stammkunde den Toten eigentlich wiedererkannt?" wollte Andrea wissen.

Nick zuckte mit den Schultern: „Danach ist er nicht gefragt worden."

„Was? Wieso nicht?"

„Er war betrunken und würde kein Auto klauen."

Andrea sah Nick prüfend an. Er war immer kurz angebunden, wenn ihm etwas missfiel.

„Meine Idee war das nicht. Treilert hat ihn befragt", verteidigte er sich.

„Aber die kann ihm doch trotzdem ein Bild von dem Toten zeigen?! Vielleicht hätte er ihn erkannt. Geschadet hätte das doch nicht!?"

Nick schwieg einen Moment, dann brummte er leise: „Sie sagt, es hätte nichts gebracht."

Andrea musterte den großen Mann. „Siehst du das auch so?" fragte sie schließlich.

„Nein! Ich hätte ihm ein Bild gezeigt. Aber ich war nicht mit in Dortmund. Und sie leitet die Ermittlungen."

„Du willst ihr nicht in den Rücken fallen?"

Er zuckte wieder mit den Schultern: „Bin ich ihrer Meinung nach schon, als ich ihr gesagt habe, dass sie ihm das Bild hätte zeigen müssen."

Andrea sah ihn ungläubig an. Der tätowierte Stammkunde musste einen ganz seltsamen Eindruck auf die Kommissarin gemacht haben. Aber wieso kümmerte es Nick, was die Kommissarin von ihm dachte? Bei ihrem Vorgänger hatte ihn das nicht gekümmert. Aber Herr Heinrich war auch keine hübsche Kommissarin gewesen, fiel ihr auf. War Nick verliebt?

„Hast du dein ganzes Wochenende mit dem Mist verbracht?" fragte Nick um das Thema zu wechseln.

„Nein. Nur Sonntag. Samstag hab ich nichts gemacht."

„Ausnüchtern?"

Andrea kicherte: „Nein, so schlimm war es nicht. Aber es war schön."

Nick atmete tief ein. „Andrea... Das geht mich eigentlich nichts an..."

„Ein schönes Paar seid ihr! Echt! Ein schön Paar! Komm, komm! Wir mache n Bild von euch. Un von uns! Wir alle zusamme. Na komm! Komm!"

Ergeben folgten Nick und Andrea dem Ehepaar Leuter.

„Was wolltest du sagen? Was geht dich nichts an?" erinnerte Andrea Nick. Nach dem unfreiwilligen Fototermin hatten sie sich schnell von Leuters verabschiedet und gingen nun durch das Dorf.

„Mit wem du deine Freizeit verbringst", murmelte Nick. Er hatte den Kragen seiner Jacke hochgeschlagen.

„Was... Wie... Was meinst du?" fragte Andrea erstaunt. Wieso sollte ihn das nichts angehen?

„Sven. Was läuft zwischen euch?" Verwirrt sah Andrea ihn an. „Schon gut", murmelte Nick. „Ich sag ja, dass es mich nichts angeht. Ich muss zur Wache zurück."

Fassungslos sah Andrea ihm nach.

„Nick!"

Er reagierte nicht. Sie konnte nicht sagen, ob er sie nicht hörte oder nicht hören wollte.

Verletzt und wütend schleuderte Andrea zuhause ihre Sachen auf das Sofa. Weil sie sich von Sven zur Werkstatt hatte mitnehmen lassen, war Nick sauer auf sie? Was ging ihn das an? Ihn ging es tatsächlich nichts an, was sie in ihrer Freizeit tat! Sie hatte genug Probleme mit Fabian! Sie brauchte nicht noch Probleme mit Nick! Sollte der seine Probleme alleine lösen! Seine Toten gingen sie nichts an! Frustriert rief sie Anna an.

Am nächsten Tag hatte Andrea einen Termin mit Jasmin Klein. Ihre Eltern hatten sich im vergangenen Jahr getrennt. Beim Thema Aufenthaltsbestimmungsrecht hatte es so viel Streit gegeben, dass Andrea und ihr Chef sich entschieden hatten, mit der 17-jährigen Tochter zu sprechen. Gemeinsam wollten sie damals herausfinden, was das Beste für die drei Geschwister war. Das zurückhaltende Mädchen mit dem hübschen Gesicht und dem braunen Haar hatte ihnen sehr beim Schlichterspruch helfen können. Etwa zwei Monate nach der Entscheidung wollte Andrea jetzt wissen, wie es den Kindern mit der Regelung ging. Sie hatte

Nick zwischendurch immer wieder nach den Kindern gefragt und erwartete daher keine große Überraschung. Jasmin war Nicks Cousine.

Als Andrea in die Bäckerei kam, saß Jasmin schon an einem der Tische. Sie las in einem dicken Buch.

„Hallo Jasmin. Wartest du... Entschuldigung. Warten Sie schon lange?"

Jasmin lächelte. „Hallo Frau Jansen. Nein. Ich bin gerade erst gekommen. Aber das Buch ist so spannend, dass ich gar nicht mehr aufhören kann zu lesen. Die Lehrer beschweren sich schon bei Mama."

Andrea lachte: „Lehrer wussten noch nie, was die wirklich wichtigen Dinge im Leben sind. Möchten Sie etwas trinken?"

„Warum sagen Sie nicht ,du'?" Das Mädchen wirkte irritiert.

„Sie sind siebzehn. Es gibt eine Regelung, die besagt, dass Menschen ab sechzehn Jahren zu siezen sind."

Jasmin überlegte einen Moment und meinte dann: „Sie können mich gerne duzen. Ich find das irgendwie komisch..."

Andrea musterte das Mädchen nachdenklich. Schließlich bot sie an: „Dann duzen wir uns aber gegenseitig: ich heiße Andrea."

Jasmin strahle: „Ich weiß!"

Andrea musste lachen und fragte wieder: „Möchtest du was trinken?"

„Ich hab mir schon Kakao bestellt."

„Ah, gut. Gute Idee."

Andrea bestellte sich ebenfalls Kakao und setzt sich dann zu dem Mädchen, das nur sehr unwillig ihr Buch weglegte. Andrea lachte: „Ich halte dich nicht lange auf: dann kannst du bald weiterlesen. Wie geht es dir?"

„Ach, schon gut. Es läuft ja nicht weg. Mir geht's gut."

„Das ist schön. Und deinen Geschwistern?"

„Auch. Martin will, glaube ich, lieber bei Papa sein. Aber Papa hat jetzt schon so wenig Zeit, wenn wir da sind, dass es so bestimmt besser ist."

„Dein Vater hat keine Zeit?" wunderte sich Andrea. Der Mann hatte sehr darauf bestanden, seine Kinder bei sich behalten zu dürfen.

„Papa hat eine neue Freundin. Aber er hat sie uns noch nicht vorgestellt. Ich glaube, ich will sie auch gar nicht kennenlernen."

„Warum nicht?"

„Die Trennung ist gerade erst zwei Monate her und der hat schon eine Neue", regte Jasmin sich auf.

Andrea verstand sie. Aber es ging nicht um den Vater: „Gibt es etwas, was nicht so ist, wie du oder deine Geschwister es sich wünschen? Etwas, was ich ändern kann?"

Jasmin grinste: „Ich hab schon gedacht, ich dürfte mir jetzt wünschen, dass alles wieder wie früher wird. – Die Regelung ist ganz gut so, denke ich. Marie hat immer noch nicht verstanden, dass sie nichts dafür kann und es nichts hilft, wenn sie ganz lieb und brav ist und nicht mehr weint. Sie ist noch so klein! Aber sie weint nur heimlich. Manchmal erwische ich sie dabei. Aber dann hört sie ganz schnell auf und lacht wieder."

„Bekommt ihr psychologische Hilfe?"

Jasmin schüttelte den Kopf: „Nein. Mama ist noch ganz durcheinander und hat so viel zu tun. Sie glaubt mir nicht, dass Marie weint. Aber wenn sie alles geregelt hat, hat sie wieder mehr Zeit für die Kleinen."

Das gefiel Andrea nicht: „Eure Mutter hat keine Zeit für euch?"

Schuldbewusst sah Jasmin sie an: „Ja, nein, also..."

„Ich will deine Mutter nicht verurteilen. Und ich werde ihr auch nicht sagen, was du mir erzählst. Da brauchst du keine Angst zu haben. Wir treffen uns hier, weil ich wissen möchte, ob es dir und deinen Geschwistern gut geht. Wenn das nicht der Fall ist, müssen wir das irgendwie ändern. Nicht du! Du gehst in die Schule, triffst Dich mit Freunden und liest dicke Bücher. Aber deine Eltern und ich müssen das ändern. Es ist nicht richtig, dass eine Fünfjährige heimlich weint. Gibt es noch mehr, was... was geändert werden sollte?"

„Eins noch, ja: Papa schenkt Martin so viel und Marie gar nichts. Mir muss er ja nichts schenken, mir ist das egal. Aber Marie... Sie glaubt, Papa mag sie nicht. Und Martin… der weiß gar nicht mehr, womit er zuerst spielen soll. Der ist erst sieben und hat schon einen eigenen Fernseher und einen Computer. Ich…" Jasmin brach ab.

Andrea sah sie aufmunternd an: „Ja?"

„Ich halt das nicht für sinnvoll."

Andrea lächelte: „Ich auch nicht. Aber da kann ich mich nicht einmischen: das ist Erziehungssache. Aber über die ungerechte Behandlung werde ich mit ihm sprechen. Ich… Ich muss nur überlegen, wie ich das anstelle. Bist du einverstanden, wenn ich mit meinem Chef darüber rede?"

„Ja, klar. Sie… du… kannst Mama und Papa aber auch sagen, dass ich mit dir gesprochen habe. Wir können uns ja zufällig begegnet sein."

„Ja, gerne! Wenn dir das Recht ist!?" Jasmin nickte.

Nach einer halben Stunde war alles besprochen. Jasmin hatte zwischendurch immer wieder zu ihrem Buch geschielt. Als sie es wieder tat, meinte Andrea: „Das Buch muss ja wirklich spannend sein. Darf ich fragen, worum es geht?"

Ertappt grinste Jasmin: „Es ist ein Krimi. Der Mörder spritzt seinen Opfern immer Insulin. Aber der Kommissar kommt nicht darauf. Fünf Leichen sind es schon, aber der Kommissar glaubt, die Rechtsmedizin will ihn ärgern und sagt ihm nicht die wahre Todesursache. Seine Exfrau ist die Chefpathologin und die ist sauer auf ihn, weil er eine neue Freundin hat. Dabei sind die schon fünf

Jahre geschieden. Der Kommissar ist so furchtbar: dauernd jammert der und bemitleidet sich selbst! Und dann merkt der nicht, dass seine neue Freundin ein Doppelleben führt: die ist nämlich die Mörderin. Aber dann hat er DNA von ihr am Tatort gefunden. Aber sie hat gesagt, sie hätte eine böse Zwillingsschwester, von der das Haar gewesen wäre. Und der glaubt das! Und jetzt sucht er die Schwester. Aber sein Assistent hat rausgefunden, dass es keine Zwillingsschwester gibt. Und das will der dem Kommissar gleich sagen und… ja, da bin ich jetzt: der Assistent sagt das dem Kommissar und die Freundin hört am Telefon zu, was der Assistent aber nicht weiß."

Andrea lachte über Jasmins Begeisterung: „Das hört sich echt spannend an. Ich glaube, ich guck mal, ob ich das Buch in der Bücherei finde."

„Ich kann es dir leihen, wenn ich fertig bin. Das dauert nicht mehr lange", bot das Mädchen an.

„Ja, gerne."

„Aber… wissen… weißt du ob das stimmt: haben Zwillinge ganz genau die gleiche DNA?"

„Ja, eineiige schon. Zweieiige nicht. Also die, die man nicht unterscheiden kann, haben auch absolut identische DNA."

„Und die kann man auch an der DNA nicht unterscheiden?"

„Nein." Froh, dass das Buch authentisch war, griff Jasmin danach. Dann zögerte sie und sah Andrea an: „Und mit dem Insulin?"

„Das weiß ich nicht." Etwas enttäuscht drehte Jasmin das Buch in den Händen. Andrea lachte: „Wahrscheinlich stimmt das mit dem Insulin auch. Von mir aus sind wir fertig. Oder möchtest du über noch etwas reden?"

„Nein", strahlte Jasmin. „Tschüss! Ich muss wieder zur Schule. Hatte `ne Freistunde. – Danke!"

„Tschüss! Wenn irgendwas ist, kannst du gerne zu mir kommen."

Andrea blieb sitzen. Sie hatte Mittagspause. Sie kaufte sich ein belegtes Brötchen, eine Nussecke und die Tageszeitung. Als Nick wenig später reinkam, verflog die gute Laune, die Jasmin mit ihrer Begeisterung für das Buch hinterlassen hatte. Sie nickte ihm höflich grüßend zu, las aber weiter Zeitung.

Er setzte sich zu ihr. „Hallo."

„Hallo", antwortete sie.

„Was liest du da Spannendes?" Normalerweise legte sie die Zeitung weg, wenn er sich zu ihr setzte.

„Gar nichts. Der gleiche Mist wie immer." Sie legte die Zeitung weg. Aber sie sagte nichts.

Nick beobachtete sie eine Weile, dann wollte er wissen: „Was ist los?"

„Warum?"

„Du sagst nichts."

„Du doch auch..." Andrea stockte, atmete tief ein und fragte schließlich: „Was sollte das gestern?"

„Was?"

„Wenn ich das richtig interpretiert habe, hast du mir ein Verhältnis mit Sven angedichtet und hast mir nicht die Chance gegeben, darauf zu antworten, weil du weggelaufen bist."

„Bin nicht weggelaufen", murmelte Nick.

„Gut! Dann bist du nicht weggelaufen! Sah halt nur so aus – für mich! Mir doch egal, wie du das nennst! Was sollte das?"

Nick schwieg. Was sollte er auch sagen? Sie hatte doch verstanden, was er ihr vorwarf. Und sie wusste, dass er es nicht ausstehen konnte, wenn jemand seinen Partner betrog. Schließlich sagte er doch: „Du weißt, dass ich es hasse, wenn jemand seinen Partner betrügt."

„Und ich betrüge Fabian? Weil Sven mich einmal zur Werkstatt mitgenommen hat?"

Nick schwieg. Sollte er ihr sagen, dass er wusste, dass sie sich am Wochenende mit Sven getroffen hatte? Freiwillig gab sie es offensichtlich nicht zu. Er wollte sie nicht als Lügnerin entlarven. Dass sie log, gefiel ihm noch weniger.

„Dann rede eben nicht mit mir! Ich dachte, wir wären Freunde! Da hab ich mich wohl geirrt! Freunde behandeln sich jedenfalls nicht so! Schönen Tag!" Wütend verließ sie die Bäckerei.

In den nächsten Tagen vergrub Andrea sich in ihrem Büro. Sie wollte niemanden sehen. Herr Hofmeister hatte nicht viele Termine, so dass sie auch nicht viele Menschen sehen musste. Sie räumte ihr

Büro auf. Herr Hofmeister hatte alte Akten in dem Zimmerchen gelagert, dass ihr jetzt seit einem halben Jahr als Büro diente. Nun sortierte sie die Akten: aktuelle Akten blieben in ihrem Büro, ältere verpackte sie in Kartons, beschriftete sie und verstaute sie im Keller. Frau Hofmeister hatte extra dafür einen Kellerraum freigeräumt. Die Akten, die älter als zwölf Jahre waren, wurden vernichtet. Frau Hofmeister, die einige gesellschaftliche Verpflichtungen in der Gemeinde hatte, half ihr, wenn sie Zeit hatte. Andrea genoss die Zeit mit der besonnenen, klugen Frau. Sie sprachen viel über Fabian, das Leben und die Gemeinde Niederheid.

Mittags ging Andrea in der Bäckerei des Dorfes essen. Das hatte sie schon gemacht, als sie noch ganz neu in der Gemeinde war. Aber sie achtete darauf, später als die Polizisten Mittagspause zu machen. Sie wollte Nick nicht sehen. Meist machte sie erst gegen zwei Uhr Pause. Eine Woche lang traf Andrea außer ihrem Chef und seiner Frau niemanden, den sie kannte. Nach dieser Woche war das Gespräch mit Frau und Herrn Klein, Jasmins Eltern. Frau Klein brachte Andrea den Krimi mit, den Jasmin so begeistert gelesen hatte.

An einem Abend, als Andrea gerade aus dem Auto stieg, kamen Leuters auf ihren Fahrrädern vorbei. Sie drehten und hielten vor Andrea: „Kind! Mein armer Schnobel! Misch tut dat so leid! Ech! Kannste misch jlaube! Un dem Theo auch!" Leuters waren so dick eingepackt, dass man sie nur an

Sprachtempo und Mitteilungsfreudigkeit unterscheiden konnte.

„Nee, nee… da hab isch jedacht, dat hat jeklappt mit euch un dann dat… nee, nee…"

„Wa bringe dem keine Butterbrote mehr!" erklärte Herr Leuter bestimmt.

„Nu kuck se dir an! Wat dat schlech aussieht! Mein armer Schnobel!" jammerte Frau Leuter. „Nee, Kind: dat ham wir nich von dem jedacht…"

„Wovon sprechen Sie?" wunderte sich Andrea.

Erschreckt sah Frau Leuter Andrea an. „Weiß du dat nich? Oh… mein arme Schnobel! Nee, dat der so wat tut! Dat is so n lecker Kerl! – Abba…" verschwörerisch beugte Frau Leuter sich zu Andrea vor, die nach der Bezeichnung ‚lecker Kerl' wusste, dass es um Nick ging: „…da sind di alle jleich: habe di der eine Schats jeplündert, suche di der nächste! Nee, mein Kind, so n Schand! Janz speziell di am leckerste Kerls wollen zich Schätze habe… – Och, Kind…"

„Bei dem nächste sachste einfach: DU DARFS NUR MISCH! SONS BIN ISCH FUTSCH!" riet Herr Leuter sehr deutlich.

Andrea überlegte, wie sie herausfand, wovon Leuters sprachen. Nick wollte viele Schätze haben? Wenn sie direkt danach fragte, würden sie sauer werden. „Ich weiß gar nicht, wie das passieren konnte", murmelte sie. Es schien ihr passend.

„Nee, Kind, nee!" Frau Leuter legte einen Arm um Andrea. Mit dem Zeigefinger der anderen Hand tippte sie feste auf Andreas Brust: „Dat bis DU nich schuld! Da is de schuld dran! Nee... eher noch dat!"

Andrea stöhnte innerlich.

„Nee, so wat tut man nich!" schüttelte Herr Leuter den Kopf.

„Recht has du, Theo!" Frau Leuter keifte fast. „So n falsch Mätsche! Nee! Ich sach dem nich ‚Hallo'! Da kann dat noch so wichtich sein! Un so wat höheret von de Politsai! So wat tut man nich!"

Andrea versuchte, ein Grinsen zu unterdrücken: Leuters dachten, Nick würde sie mit der Kommissarin betrügen? Fast wollte sie den Gerüchten Futter geben und erzählen, dass Nick verliebt sei, aber sie entschied sich dagegen.

„Wenn de nochma bei disch kommt, sach misch dat! Dann jeh isch dem de Meinung sare!" drohte Herr Leuter. Dabei schüttelte er seine knochigen Fäuste so, als wolle er Nick verprügeln.

„Ja, mach ich", murmelte Andrea. Sie versuchte sehr, ein breites, amüsiertes Grinsen zu unterdrücken.

Leuters interpretierten das Murmeln als deprimierte Trauer. „Oh, Kind! Nich bedröpelt sein! Wir suche disch n neue! Jlaub misch: wir finde disch n neue! Et jibt noch richtich lecker Kerlche! Ich kuck mal, wat isch finde, jut?"

Andrea nickte.

„Kind, mein arme Schnobel! Kann doch niemand wisse, dat de direkt am Anfang wieder abhaut! Weje so n Politsai-Schmäref von Düsburch!"

„Manche Männers möje joa, wenn de Frau dat Rejimänt hat. Ich sach disch wat: isch nich! Ich find dat so nich richtich!" erklärte Herr Leuter. „Wenn de Nick dat mag, kann man dem da auch nich helfe! Abba: richtich is dat so nich! De Mann muss dat Rejimänt habe: so is dat richtich! De Mann hat joa auch viel mehr Überblick über alles! Dat du dat weiß, weiß isch! Abba dat de Nick dat nich jewusst hat, dat hab isch nich jewusst! – Isch red mal mit dem! Dat kann ja nich sein!"

„Komm, Kind: disch is kalt! Jeh rein! Wir müssen auch nach Haus! Komm, Theo, lass dat Mätsche in Ruh. Komm, wir sause nach Haus", unterbrach Frau Leuter ihren Mann. Der stieg brav auf sein Fahrrad. Gemeinsam fuhren sie los. Sie winkten Andrea noch, bevor sie um die Ecke verschwanden.

„Ah, Kind, haste jehört, dat dat Liedners-Heide der seine Kreuzfahrt hat? Endlich hat dat jekricht, wat dat verdient un der seine Mann hat nich alles spendiert", rief Frau Leuter über die Einfahrt. In einem Bogen über die ganze Straße war sie zurückgekommen. Sie winkte noch mal, dann war sie wieder verschwunden.

Kapitel sechs

Sonntagnachmittag klingelte es an Andreas Haustüre. Samira, die in ihrem Körbchen schlief, schreckte hoch und beschwerte sich empört. Dann drehte sie sich um und rollte sich wieder zusammen. Andrea ignorierte sie. Sie bekam selten Besuch. Unangekündigt kamen nur Nick und Leuters vorbei. Und mit keinem von denen wollte sie sprechen. Anna drängte sie zwar dazu, mit Nick zu reden, aber Andrea wollte ihn nicht sehen. Sie öffnete trotzdem.

Pia Sindwer, die Gerichtsmedizinerin, stand vor der Tür. „Hallo", lächelte sie. „Ich wollte mal nach dir sehen. Ich habe Nick gestern getroffen und der meinte, er hätte dich eine Weile nicht gesehen. Geht es dir gut? Man findet ja nicht oft `ne Leiche."

Andrea freute sich über Pias Besuch. Sie lud sie in die Wohnung ein und bot ihr Kaffee an.

„Oh, ja, gerne! Darauf habe ich gehofft: ich habe Kuchen mitgebracht."

Andrea lachte: „Sehr schön! Du kannst Gedanken lesen."

Als der Kaffee gekocht und der Kuchen angeschnitten war, wiederholte Pia ihre Frage nach Andreas Befinden.

„Mir geht's gut", versicherte Andrea. „Liedner war ja nicht zerstückelt oder so."

„Es hat mich etwas gewundert, dass Nick nicht wusste, wie es dir geht. Als wir uns das erste Mal getroffen haben, war er so besorgt um dich."

„Er ist sauer auf mich."

Pia sah Andrea erstaunt an. Ihr ruhiger Ton passte nicht zu der Aussage. „Ich hatte nicht den Eindruck, dass er sauer auf dich ist. Darf ich fragen, was passiert ist?"

Andrea nickte. Sie mochte die Frau. Sie wirkte ehrlich, freundlich und vertrauenswürdig. Außerdem war sie hilfsbereit und engagiert, sonst säße sie jetzt nicht mit Andrea bei Kaffee und Kuchen in ihrer Küche. Und: sie war mit Nick befreundet. Er hatte bisher ein gutes Urteilsvermögen für Freunde bewiesen. Zusätzlich zu ihrer eigenen Einschätzung verließ Andrea sich auf sein Urteil.

„Nick denkt, ich würde meinen Freund betrügen. Deshalb ist er sauer auf mich. Und ich bin sauer auf ihn, weil er mir das vorwirft und dann wegläuft, ohne mir die Möglichkeit zu geben, darauf zu antworten."

Pia beobachtete Andrea. Schließlich fragte sie: „Und betrügst du deinen Freund?"

„Nein. Auch wenn es eigentlich keine Beziehung mehr ist und ich eigentlich Schluss machen will, betrüge ich ihn nicht. Ich glaube, ich liebe ihn noch. Und... ich will keinen anderen... Deshalb...

könnte ich ihn gar nicht betrügen. Selbst, wenn ich wollte oder es jemanden gäbe."

„Du willst ‚eigentlich' Schluss machen, aber du liebst ihn noch?" Andrea nickte und erklärte Pia die Situation.

„Und wieso denkt Nick, dass du Fabian betrügst?" wollte Pia wissen.

„Ich habe mich von einem Bekannten zur Werkstatt fahren lassen. Jetzt denkt Nick, ich…"

„Weil du einmal mit dem Bekannten im Auto mitgefahren bist??"

Andrea zuckte mit den Schultern: „Warum sonst? Mehr war nicht. Und es geht auf jeden Fall um Sven, das hat Nick gesagt."

Pia schüttelte ungläubig den Kopf: „Das kann ich mir nicht vorstellen. So… keine Ahnung… ‚pingelig' ist Nick nicht."

„Aber mehr war wirklich nicht! Er hat vielleicht noch mitbekommen, wie ich mit Sven gesprochen habe. Sven arbeitet bei Peters – kennst du die? Egal, also: Sven arbeitet bei einem Bauern, bei dem ich samstags im Stall helfe, Jo und Eva Peters, Freunde von Nick. Vor zwei Wochen oder so war die Melkmaschine kaputt und Sven hat danach geguckt. Er hatte sein Hemd ausgezogen. In der Melkkammer ist es immer brütend heiß. Er hat einen echten Waschbrettbauch und so was habe ich vorher noch nie in echt gesehen. Kann sein, dass Nick das mitbekommen hat. – Aber das heißt doch nicht, dass ich Fabian betrüge!?"

Pia schüttelte grinsend den Kopf: „Nein! Aber vielleicht ist Nick neidisch, weil du den anderen bewundert hast und nicht ihn. Er ist es nicht gewohnt, dass er Konkurrenz hat. Wie heißt der Typ?"

„Sven. Nachnamen weiß ich nicht. Warum?"

„Wie alt?"

Andrea grinste: „Keine Ahnung. Ich denke so Anfang dreißig. Nicht viel älter. Suchst du einen Mann?"

„Mmh, wäre schon schön! Und du willst ihn wirklich nicht?"

„Nein", lachte Andrea. „Ganz sicher nicht!"

„Mag er Kinder?"

„Ja, sehr. Er ist ganz verrückt nach Peters Sohn. Der ist jetzt zweieinhalb Monate alt. – Hast du Kinder?"

„Mmh, eine Tochter, elf Jahre."

„Elf!? Wie alt bist du denn?" wunderte sich Andrea.

„31. Ich war ganz früh der Meinung, meinen Traummann gefunden zu haben. Den habe ich auch geheiratet und wir wollten auch Kinder. Aber als Lena anderthalb war, hat Reiner festgestellt, dass es – oh Wunder! – noch andere Frauen gibt. Dann war mein Mann weg und mein Kind noch da. – Na ja: besser als umgekehrt! Und seitdem... muss meine Tochter nur eine Mutter ertragen. – Ich glaub, sie ist ganz zufrieden so. Nur ihre Mutter ist nicht ausgelastet und sucht einen Mann."

Andrea lachte: „Ich kann Sven ja mal fragen."

Pia grinste: „Aber ganz vorsichtig und keine Namen nennen."

„Versprochen! – Was ist mit dir und Nick?"

Pia schüttelte den Kopf: „Nein. Nick will keine Beziehung. Da hat er nie ein Geheimnis draus gemacht. Und für mich kommt schon wegen Lena nichts Anderes in Frage. Außerdem... Ich war ein paar Mal aus. Hab mich extra schick gemacht und bin in die gleiche Kneipe gegangen wie er. Aber... Ich bin da ziemlich altmodisch: bei mir muss der Mann den ersten Schritt machen und den macht Nick nicht. Nie. Ich hab das beobachtet. Die Frauen sprechen ihn an."

„Ehrlich?"

„Ja. Und das sind nicht wenige. Er hat oft zwei oder drei zur Auswahl. Meistens gewinnt die Hartnäckigste oder Ignoranteste. Nicks Verhalten ist nämlich nicht sehr einladend."

„Warum?"

Pia zuckte mit den Schultern: „Ich denke, er will eigentlich nur in Ruhe ein paar Bier trinken. Und dann lässt sie ihn nicht gehen und er trinkt noch drei Bier mehr und dann lässt sie ihn immer noch nicht nach Hause und nach den nächsten zwei Bier geht er mit zu ihr. – Aber ich denke, bedauernswert ist er auch nicht: er sucht sich schon nur die hübschen Frauen aus. – Auf jeden Fall wollte er mich nie und ich dränge mich ganz sicher nicht auf! – Und jetzt hat meine Tochter mehr Bewunderer über Facebook als ich im echten Leben."

Andrea lachte: „Die hat mit elf schon Bewunderer?"

Pia lächelte stolz: „Sie ist ein wunderschönes Mädchen: goldblonde Locken, hellbraune Augen, ganz süßes Gesicht. Die Jungs aus ihrer Klasse und der Klasse darüber stehen Schlange. Aber sie interessiert das nicht. Sie hat den Kopf voller Pferde. Erst recht, seitdem die im Stall vor einer Woche angefangen haben, eine Dressur für das Sommerfest einzustudieren. Ich kriege sie kaum dazu, ihre Hausaufgaben zu machen. Und Essen ist plötzlich auch nicht mehr wichtig."

„Pia, entschuldige, wenn ich das Thema wechsle, aber: bist du auch bei Facebook?"

„Nein. Warum?" Andrea erzählte der Ärztin von dem Link auf der Seite der Gutzhenrys, der zu Facebook führte.

Pia zuckte mit den Schultern: „Können wir uns gerne angucken."

„Hast du Lenas Zugangsdaten?"

„Ja, klar! Mein Kind ist elf! Da lass ich ganz sicher nicht alle Perversen dieser Welt mit ihr chatten! Noch hat sie keine Geheimnisse vor mir und es macht ihr nichts, wenn ich beim Chatten dabei bin. Schlimm wird es erst, wenn sie das nicht mehr will – zumindest für mich", grinste Pia.

Als Andrea und Pia ins Wohnzimmer kamen, wachte Samira auf.

„Mau", grüßte sie Pia freundlich.

„Och! Wer bist du denn?" rief Pia begeistert. „Du bist aber eine Schöne!" Freudig drückte die Katze sich an Pias Hand, ließ sich streicheln und kraulen und schnurrte lauter, als wenn Andrea ihr gebratenes Hackfleisch gab. Andrea seufzte: wieso war die Katze nur so berechnend?

„Ich wusste nicht, dass du eine Katze hast. Du hast ja gar kein Spielzeug."

„Brrruh", machte Samira.

„Ich seh sie nicht als meine Katze. Sie kommt mich eigentlich nur besuchen. Wenn es kalt ist, ist sie länger hier, wenn es warm ist, kommt sie nur abends mal vorbei." Zufrieden zwinkerte Samira Andrea zu. „Und so lieb wie sie grade tut, ist sie sonst nicht!"

„Mrrau!" grinste Samira und drückte sich noch mal fester in Pias Hand.

„Aber sie ist doch so lieb! Guck doch!"

„Mau", bestätigte Samira.

„Mmh, wenn Besuch da ist", nuschelte Andrea, damit Samira sie möglichst nicht verstand und sich später rächte.

„Soll ich dir mal Spielzeug mitbringen? Meine Tina ist schon so alt, dass sie das nicht mehr braucht", erzählte Pia Samira. „Ja, dachte ich doch, dass du dich darüber freust! Tina hat eine ganz tolle Maus: die riecht ganz lecker nach Katzenminze. Ja, die bring ich dir mit!"

Andrea zog es vor, die hämischen und provozie-renden Laute der Katze zu ignorieren.

„Wie heißt du denn?" säuselte Pia.

‚Sag's ihr', kommandierte Samira in Andreas Kopf. Überrascht drehte sie sich zu der Katze um. Sie hatte lange nicht mehr mit ihr gesprochen. Wa-rum, wusste Andrea nicht. Aber es änderte auch nichts: die Katze konnte sich überaus deutlich zu ihren Wünschen äußern.

„Samira heißt sie."

„Samira. Was für ein schöner Name! Der passt aber richtig gut zu dir…"

Samira warf sich auf den Rücken und ließ sich den Bauch kraulen. Genießerisch verdrehte sie die Augen. ‚Schleimerin!' dachte Andrea und hoffte, dass Samira sie hörte. Und als sie ihr übertrieben verzücktes Gesicht sah, war sie sicher, dass sie sie gehört hatte.

„Bringst du ihr auch Mäuse? Du bringst ihr sicher ganz viele Mäuse, oder? Bist bestimmt eine ganz fleißige Jägerin."

„Brrruuh", schnurrte Samira selig.

„Nein, eigentlich bringt sie nie was mit. Im Sommer manchmal…" Ein vernichtender Blick traf Andrea. Die grinste zufrieden. Widersprechen konnte Samira nicht: es war die Wahrheit.

„Sollen wir uns eben die Bilder angucken?" fragte Andrea, um jede weitere Konfrontation mit der Katze zu vermeiden. Pia war einverstanden.

Die Bilder von Gutzhenrys Sommerfest entsprachen Andreas Erwartungen: viele lachende Menschen, ein großer Grill, bunt geschmückte Tische und ein großer Pavillon mit dem Logo der Familien-Firma. Die Fotos waren schlecht: oft waren nur Rücken zu sehen, Füße oder Köpfe abgeschnitten, die Menschen standen schief oder das Motiv war verwackelt.

Plötzlich rief Pia: „Das ist er! Das ist der Tote!" Sie zeigte auf einen Mann, der sich mit einer sehr kleinen Rothaarigen unterhielt. Die Rothaarige musste eine Angestellte sein, denn sie ersetzt leere Saucenflauschen und Salatschüsseln am Büffet, räumte benutztes Geschirr weg und trug Tabletts mit Getränken umher.

„Warte", murmelte Andrea. „Mach mal ein Bild zurück."

Pia tat es: „Was ist denn?"

„Auf dem Bild ist der auch, versteckt, da in der Ecke. Da hat er aber ein weißes Hemd an und auf dem anderen Bild ein grünes T-Shirt und eine kurze Hose."

„Vielleicht hat er sich umgezogen? Es war sicher warm."

„Mmh, kann sein."

Pia klickte weiter durch die Bilder. „Guck mal: da hat er wieder Jeans und Hemd an."

Pia nickte: „Mmh. Vielleicht sind die Bilder durcheinander?"

„Unten in der Ecke ist die Zeit eingeblendet", sagte Andrea. Sie sahen sich die Bilder erneut an.

„Die sind in einer Reihe: ganz chronologisch. Aber man zieht sich doch nicht zweimal um? Schon gar nicht ein Mann!?"

Andrea zuckte mit den Schultern: „Entweder war ihm wieder kalt oder er hat einen Doppelgänger."

„Einen Zwillingsbruder?"

„Ja, vielleicht?"

„Und warum meldet der ihn dann nicht als vermisst?"

Ratlos sah Pia Andrea an.

„Sagst du das Nick? Der wird sich über den Hinweis freuen."

Pia grinste: „So sauer bist du dann doch nicht auf ihn?"

Andrea zuckte mit den Schultern: „DU sollst es ihm doch sagen."

Pia musterte Andrea und nickte schließlich: „Gut, mach ich."

„Pia, Nicks Cousine hat mich vor ein paar Tagen gefragt, ob Insulin tötet. Sie hat da ein ganz spannendes Buch…"

Pia lachte: „Und wen willst du umbringen? Nick?"

„Was? Nein! Wieso?"

Pia grinste: „Ich dachte nur: die Einleitung war so umständlich. Insulin ist ein körpereigener Stoff, den produziert der Körper selbst, um Zucker abzubauen."

„Also kann man mit Insulin niemanden umbringen? Das ist erfunden?"

„Doch, kann man: wenn man nicht-Diabetikern Insulin spritzt, sterben die – unter Umständen. Ist eine schöne, sichere Methode: weil Insulin ein körpereigener Stoff ist, kann Mord nur nachgewiesen werden, wenn die Einstichstelle gefunden wird. Da ist die Insulinkonzentration dann höher als sie sein dürfte."

„Was? Echt? Ich dachte… Gibt es keine Vergiftungserscheinungen? Oder…?" Ratlos schwieg Andrea.

Pia schüttelte den Kopf: „Nein. Insulin baut Zucker ab, es kommt zur Unterzuckerung. Bei starker Unterzuckerung kommt es zu unkontrollierten Muskelkontraktionen, also Zittern, dann zu Muskellähmungen. Darauf folgt logischerweise Herz- und Atemstillstand und Kreislaufkollaps: natürlicher Tod."

„Und bei kranken Menschen? Also mit zum Beispiel Herzproblemen? Oder Übergewichtige? Übergewichtige haben doch viele Reserven…"

„Nein. Also bei Herzkranken geht es sicher schneller, weil das Herz schon geschwächt ist. Aber das ist von der Art der Erkrankung abhängig. Und Übergewichtige… kommt auf das Übergewicht an. Geringes Übergewicht hat keinen Einfluss darauf, wie schnell es zu organischen Schäden kommt, weil der Körper die Reserven, also das Fett, nicht so schnell ‚umbauen' kann, dass es nicht zur Unterzuckerung kommt. Bei stark Übergewichtigen sind die Organe wahrscheinlich so geschädigt oder überlastet, dass die Unterzuckerung schneller zum Tod führt… Aber das ist alles Spekulation. Da spielen so viele Faktoren rein, dass da niemand Genaues sagen kann."

„Und… was für Umstände? Du hast gesagt, die sterben ‚unter Umständen'."

„Die Injektion muss stark überdosiert sein, es dürfen keine Gegenmaßnahmen eingeleitet werden, der Magen muss leer sein, weil ja sonst neue Kohlehydrate durch die Verdauung zugeführt werden, oder es darf nur schwer Verdauliches im Magen sein, so dass der Kohlehydrat-, also der Zuckernachschub ausbleibt… Und jetzt raus mit der Sprache: wen willst du umbringen?"

Andrea lachte: „Niemanden! Wirklich nicht. Nicks Cousine hat mir das Buch geliehen und ich wollte wissen, wie realistisch das ist."

Pia grinste: „Ich glaub dir alles! Ich sag den Apotheken Bescheid, dass die mich informieren, wenn du Insulin kaufst."

„Das ist doch nicht freiverkäuflich, oder?" entsetzte sich Andrea.

„Nein, natürlich nicht! Aber vielleicht kommst du ja irgendwie da dran? Das wäre ein großer Karriereschub für mich, wenn ich einen Insulinmord aufdecken würde." Pia grinste breit.

Andrea erwiderte das Grinsen: „Wenn ich jemanden umbringe, merkst du das nicht! – Karriereschub? Kommst du dann in eine größere Stadt?"

„Mmh. Ich weiß aber nicht, ob ich das will. Und außerdem redet Lena dann bestimmt nicht mehr mit mir." Sie unterhielten sich noch eine ganze Weile über Karriere und Zukunft.

Montag verkroch Andrea sich wieder in Arbeit. Sie ging spät in die Mittagspause und fuhr nach

Feierabend sofort nach Hause. Sie traf Nick nicht, wie beabsichtigt.

Abends rief Anna an: „Hast du mit Nick gesprochen?"

„Nein. Hab ihn nicht gesehen."

„Andrea..."

„Ich will ihn nicht sehen! Und wenn du darüber diskutieren willst, können wir auch wieder auflegen!"

Anna schwieg einen Moment, dann willigte sie ein: „Na gut. Er ist in dem Mordfall weiter, das wollte ich dir sagen."

„Ja? Was hat er rausgefunden?" Andrea hatte Anna nichts von den Bildern erzählt.

„Er hat Fotos von einem Sommerfest bei dieser Getränkefirma gefunden. Der Tote hatte scheinbar einen Zwillingsbruder."

„Und weiter?"

Anna stockte erstaunt. „Andrea! Das hilft bei der Identifizierung! Jemand auf der Party muss etwas über die wissen!"

„Also weiß die Polizei noch nicht mehr?"

„Nein."

Andrea seufzte: „Schade."

„Was soll das? Du tust so..."

„Das hab ich rausgefunden. Als die Gerichtsmedizinerin gestern hier war, haben wir uns die Bilder angeguckt und das rausgefunden. Sie wollte es Nick sagen."

Anna schwieg. Nach einer Weile wollte sie wissen: „Und warum hast du mir das nicht erzählt?"

„Weil ich sauer auf Nick bin und nicht schon wieder mit dir darüber diskutieren wollte, dass ich mit ihm sprechen muss. Pia hat mit ihm gesprochen und jetzt weiß er es."

„Willst du ewig sauer auf ihn sein? Er…"

„Hast du was von Fabian gehört?"

„Nein."

„Wie geht es Sophie?" Anna akzeptierte seufzend Andreas Themenwechsel.

Als Andrea am nächsten Tag mittags in die Bäckerei kam, saß Nick an einem der Tische. Sie fluchte leise. Erst wollte sie wieder gehen, dann blieb sie doch. Sie bestellte ihr Mittagessen und ging widerwillig zu ihm. Sie wollte nicht mit ihm sprechen, kam sich aber zu kindisch vor, wenn sie ihn ignorierte.

„Hallo Andrea."

„Hallo."

„Willst du dich setzen?"

Sie zuckte mit den Schultern, kam dem Angebot aber nach. Vielleicht wollte er sich entschuldigen?

„Wie geht es dir?" wollte er wissen.

„Bin sauer auf dich!"

Nick war erst überrascht und konnte dann ein Grinsen nicht unterdrücken. Er kannte niemanden sonst, der ihm die Frage so beantworten würde.

„Das beantwortet meine Frage nicht."

Andrea zuckte mit den Schultern: „Mein Freund kennt mich immer noch nicht, mein bester Freund unterstellt mir irgendeinen Schwachsinn und ist sauer auf mich und meine Freundin will dauernd, dass ich mit ihm rede. Das ist alles ziemlich nervig. Sonst geht's mir gut."

„Du... du hast also nichts mit Sven?"

„Nein! Natürlich nicht! Wie kommst du darauf!?"

Nick zuckte mit den Schultern: „Du hast dich mit ihm getroffen..."

„Hab ich nicht!" fauchte Andrea. Im gleichen Moment ärgerte sie sich über ihren Ton. Aber sie konnte es nicht mehr rückgängig machen.

Eine Frau in Hosenanzug und streng zusammengebundenem, blondem Haar trat zu ihnen: „Hallo Nick", sie gab ihm warm lächelnd die Hand und wandte sich dann Andrea zu: „Hallo. Jennifer Treilert."

„Oh! Hallo. Andrea Jansen. Ich... Soll ich gehen? Haben Sie eine Dienstbesprechung?"

Frau Treilert sah Andrea erstaunt an: „Sie wissen, wer ich bin?"

Andrea musterte die Frau neugierig, deren Meinung über ihn, Nick wichtig war. Sie trug eine Brille, hatte durchdringende blaue Augen und einen sehr strengen Gesichtsausdruck.

„Ja, Sie sind vom LKA und untersuchen den Mord an diesem Mann in dem Audi im Wald..."

Ein tadelnder Blick zu Nick unterbrach Andrea. Ertappt und mit der Befürchtung, etwas Falsches gesagt zu haben, schwieg sie.

„Frau Jansen hat mich auf den Wagen aufmerksam gemacht. Ohne sie hätten wir die Leiche wahrscheinlich nicht gefunden", brummte Nick. Er rutschte auf der Bank ein Stück zur Seite, da die Kommissarin offenbar neben ihm sitzen wollte. Er schien aus Höflichkeit zu rücken, was Andrea verwunderte.

„Oh! Ja, dann... Bleiben Sie ruhig: wir wollen nur essen."

„Nick, dass der Tote auf diesen Bildern aufgetaucht ist, ist echt eine Sensation. Das muss die Frau in Dortmund uns erklären! Du weißt schon, wer", warnend sah Jennifer Treilert zu Andrea. „Wieso hat sie uns das verschwiegen?"

Nick zuckte nur mit den Schultern.

„Ich sag dir was: das erklärt die uns noch heute! Wir müssen langsam weiterkommen. Es ist jetzt schon so lange her, dass der Tote gefunden wurde. Die Angehörigen werden ihn vermissen."

Nick zuckte wieder mit den Schultern. Es widerstrebte ihm zutiefst, über den Fall zu sprechen, weil Andrea dadurch vom Gespräch ausgeschlossen wurde: sie durfte über den Stand einer laufenden Ermittlung nicht informiert werden.

„Dann sollen sie ihn vermisst melden, damit wir ihn identifizieren können", brummte er unzufrieden.

„Vielleicht wird er nicht vermisst", meinte Andrea. Sie hatte keine Lust, dass fünfte Rad am Wagen zu sein.

Frau Treilert sah sie erstaunt an: „Wissen Sie...?"

„Ich weiß gar nichts! Ich weiß nur: jemand, der nach drei Wochen oder so immer noch nicht als vermisst gemeldet ist, wird nicht vermisst. Vielleicht ist er deshalb tot: niemand wird ihn vermissen. Im Gegenteil."

„Aber jemand wird ihn doch vermissen..." beharrte Frau Treilert.

„Offensichtlich nicht!" erklärte Andrea kalt. Die Frau war ihr unsympathisch. Es war unhöflich, jemanden zum Bleiben aufzufordern und dann nicht am Gespräch zu beteiligen. Und dass Nick sie mochte, machte es nicht besser.

Andrea wandte sich an Nick: „Vielleicht solltet ihr mal Herrn Gutzhenry überprüfen. Der soll seit drei Wochen in Berlin sein und da nicht weg kommen. Angeblich kann die Bahn nicht fahren, weil es so kalt ist. Und ein Auto will er sich nicht leihen. Für mich hört sich das sehr seltsam an: muss er sich nicht um seinen Getränkeladen kümmern?"

Die Kommissarin starrte Andrea fassungslos an. Der Polizeioberkommissar nickte langsam: „Woher weißt du das?"

„Hab mit Frau Gutzhenry telefoniert. Sie sagt, er hasst Berlin. Aber er kommt auch nicht zurück. Irgendwas stimmt da nicht. Entweder ist er der

Tote – aber ihr habt ihr ja hoffentlich ein Bild von ihm gezeigt und sie hat ihn nicht erkannt, sonst wäre er schon identifiziert – oder... keine Ahnung. Vielleicht hat er in der Bahn einen Platz reserviert, dann wisst ihr genau, wo er wann war. Auf jeden Fall würde ich die Bahn mal fragen, ob wirklich keine Züge aus Berlin wegfahren."

„Er hat nicht reserviert und die Züge aus Berlin fahren planmäßig, das hab ich überprüft.", brummte Nick. Er kümmerte sich nicht um Frau Treilerts Blick.

„Vielleicht war er gar nicht in Berlin? Als ich Frau Gutzhenry angerufen habe, weil ich ihr Auto gefunden hatte, hat sie schließlich gesagt, er wäre zu Hause. Warum sie lügen sollte, weiß ich aber nicht. Allerdings telefoniert Frau Gutzhenry anscheinend mit ihm. Warum gibt sie euch nicht die Nummer? Oder ihr lasst ihn orten? Es kann doch nicht sein, dass der einfach keine Aussage machen muss!?"

Der Polizeioberkommissar nickte kaum merklich, erwiderte aber nichts. Andrea hatte den Verdacht, dass er das aus Rücksicht auf die Kommissarin nicht tat.

„Woher... woher kennen Sie diesen Namen? Und wieso haben Sie die Nummer?! Wieso sagen Sie uns, was wir tun sollen!?"

Andrea erzählte Jennifer Treilert die gleiche Geschichte, die sie Marion erzählt hatte: sie hätte das Auto zerkratzt und Frau Gutzhenry angerufen, um ihr davon zu berichten. Marion wusste mittlerweile, dass die Geschichte nicht stimmte. Frau Treilert würde das nicht von Andrea erfahren.

„Und wie kommen Sie darauf, uns sagen zu können, was wir zu tun haben? Was fällt Ihnen ein!?"

„Das waren nur Empfehlungen. Ich vergreife mich da manchmal im Ton, Nick weiß das. Nehmen Sie das nicht so ernst", erklärte Andrea kalt.

„Ändern Sie das! Das ist eine Frechheit und kann als Beamtenbeleidigung angezeigt werden! Woher wissen Sie, dass der Mann noch nicht identifiziert ist?"

Andrea sah die Frau erstaunt an. Sie sah kurz zu Nick und stand auf: „Darüber haben Sie eben mit Nick gesprochen. Ich muss jetzt gehen. Meine Pause ist zu Ende. Hat mich gefreut, Sie kennen zu lernen."

„Ja, gleichfalls! Schönen Tag noch. Wir werden uns gut verstehen, da bin ich sicher!"

Da hatte Andrea ihre Zweifel! Aber sie lächelte. Sie nickte Nick kurz zu und ging.

„Andrea! Schön, dich zu sehen!" rief Jo begeistert über den Hof.

Es war Sonntagmorgen, noch dunkel und gefühlte zehn Grad unter Null. Sie konnte sich nicht vorstellen, dass jemand unter den Bedingungen gute Laune hatte. Sie sah ihn vorsichtig an: „Was willst du von mir?"

Jo lachte: „Komm: ich koch Kaffee. Maria schläft noch. Joschi hat die halbe Nacht geschrien."

„Und die Kühe?"

Jo winkte ab: „Später. Die Jungs kommen auch erst später. Sind gestern in einen Sangria-Eimer gefallen. In Jähnheim war Mallorca-Party."

„Oje! Dann fallen die Kühe um, wenn die Jungs im Kuhstall ausatmen?"

Jo grinste: „Ja, kann passieren. Komm: `ne halbe Stunde können die Viecher warten."

Andrea saß gerne in Peters' Küche. Sie war immer warm, freundlich und gemütlich.

„Wie geht's dir? Hast du was von deinem treulosen Freund gehört?"

„Nein. Ich hab es auch aufgegeben, ihn anzurufen."

„Nick hat erzählt, dass er Anna gefragt hat, ob du Weihnachten Zuhause warst?"

„Ja, hat er."

Jo beobachtete Andrea: „Du willst nicht darüber reden?"

„Nein."

„Ist auch kein schönes Thema. Sag mir, wenn ich was für dich tun kann. Ich geb dir auch ein Alibi… `ne… Nacht voller… Leidenschaft zum Beispiel."

Andrea lachte: „Jo…"

„Mit Maria und dir natürlich!" zwinkerte er.

Andrea kicherte: „Bist du auch in diesen Sangria-Eimer gefallen?"

„Nein", lachte Jo. „War ja nur ein Vorschlag. Ich wollte hin, aber Nick hatte keine Zeit und alleine ist das langweilig."

„Nick musste sich bestimmt um ‚seine Neue' kümmern."

Jo sah auf. Andrea liebte sein breites, süffisantes Grinsen und seine versteckt liegenden, klarblauen Augen, die bei Neugier größer wurden.

„Seine Neue? Wer ist denn das?"

„Die Kommissarin vom LKA. Blond, schlank, hübsch, eingebildet und ohne Manieren."

Jo grinste: „Wieso ohne Manieren? Hat sie ihn vor deinen Augen vernascht?"

„Nein. Sie hat mich nur eingeladen, mich in der Bäckerei zu denen zu setzen und dann mit Nick über Ermittlungen gesprochen. Ich bin nicht sicher, ob Nick was von ihr will. Aber Leuters erzählen das im Dorf. Die sind schon zu mir gekommen, um mich zu trösten. Jetzt suchen die mir einen neuen Freund."

Jo lachte: „Oh Gott! Du bleibst auch von gar nichts verschont! Wie schaffst du es nur, in alles reinzurutschen?"

„Das wüsste ich auch gerne!"

„Was sagt Nick dazu?"

„Keine Ahnung."

„Hast du ihm das nicht erzählt?"

„Nein."

Jo runzelte die Stirn: „Warum?" Normalerweise erzählte Andrea ihm so etwas immer mit großem

Vergnügen. Die beiden zogen sich gerne gegenseitig mit solchen Geschichten auf.

„Er redet nicht mit mir."

„Was?? Warum?"

Andrea zuckte mit den Schultern: „Er glaubt, ich würde Fabian mit Sven betrügen."

„Was ist denn mit dem? Spinnt der? Und was geht ihn das an?"

Andrea schwieg.

„Der verdammte Moralapostel! Wenn der hier auftaucht..."

„Du fragst gar nicht, ob ich was mit Sven hab", murmelte Andrea.

Jo zuckte mit den Schultern: „Ich würde es verstehen. Fabian ist ein Idiot! Aber ich glaube nicht, dass du was mit ihm hast."

Andrea sah ihn an: „Warum?"

Jo lachte: „Ich hab Augen im Kopf: du willst nichts von ihm. Und Sven mag Dich zwar gerne, aber er würde seine Beziehung nicht gefährden."

„Sven hat... Das wusste ich nicht."

„Er redet auch nur selten drüber."

Ein Klopfen an der Küchentür unterbrach sie.

„Ah, endlich. Mal sehen, ob wir den Jungs Atemmasken verpassen müssen, damit die Milch nicht schlecht wird", grinste Jo. Er öffnete die Tür: „Na, ausgeschlafen? Armin! Was machst du denn hier?"

„Ich wollte mal sehen, wie es eurer jungen Familie geht." Ein bisschen unbeholfen lugte der Pastor an Jo vorbei in die Küche.

Jo seufzte: „Armin, es ist Sonntagmorgen! Maria und der Kleine schlafen noch." Jo bemerkte den Blick: „Ach so. Nein! Vergiss es! Raus!"

„Aber…"

„Bereite deinen Gottesdienst vor! Es ist Sonntag! Andrea lässt du in Ruhe! Raus!" Jo schloss die Türe vor seiner Nase.

„Er ist dein Freund", wunderte sich Andrea.

„Mmh, und nicht ganz dicht! Scheint sich unter meinen Freunden auszubreiten. – Oder hast du Interesse an einem Pastor?"

Andrea schüttelte den Kopf: „Nein! Bloß nicht! Niemanden zurzeit! Danke!"

Mitfühlend klopfte Jo ihr auf die Schulter: „Das wird schon wieder." Den Rest der Zeit, bis die Gesellen kamen, saßen sie schweigend beieinander. Andrea hatte oft beobachtet, dass Jo sehr gesprächig war, wenn sie mit ihm alleine oder er mit Nick unterwegs war. Wenn seine Frau oder andere da waren, die viel redeten, sprach Jo kaum ein Wort. Aber auch wenn, wie jetzt, niemand außer ihr da war, war Jos Redefluss bald versiegt. Eine Weile war er kaum zu stoppen, doch wenn sein Kontingent erschöpft war, sprach er nur noch das Nötigste. Andrea störte es nicht. Sie wusste mittlerweile, dass es nichts Persönliches war und sie konnte gut mit Jo schweigen.

„Frau…" Andrea stockte. Sie wusste nicht, wie die Frau mit Nachnamen hieß. Es war später Sonntagnachmittag und sie hatte sich auf Jasmin Kleins Buch gefreut. Woher wusste die Frau, wo sie wohnte?

„Lieschen. Nennen Sie mich Lieschen, Frau Jansen. Wie heißen Sie?"

„Andrea", antwortete sie automatisch. Ebenso automatisch trat sie zur Seite, als die kleine Frau deutlich machte, dass sie herein wollte.

„Wohin setzen wir uns?" wollte Lieschen wissen. Unwillig folgte Andrea ihr durch den kurzen Flur.

Sie öffnete die Küchentür: „Kommen Sie in die Küche. Möchten Sie was trinken? Kaffee?"

„Nein, Andrea, keinen Kaffee. Der hat so depressive Eigenschaften. Tee nehme ich." Sie setzte sich an den Tisch.

Andrea seufzte: wo sollte sie jetzt Tee herzaubern? Als sie Wasser aufsetzte, fiel ihr das Geschenk ihrer Tante ein: ein Tütchen Tee, ein Glas in Rum eingelegter Kandis und eine winzige Tasse. Andrea hatte eigentlich vorgehabt, das Set aufzubewahren, bis sie jemanden fand, dem sie es schenken konnte.

Lieschen sah sich in Andreas Küche um. Die Frau musste etwa Mitte Vierzig sein. Sie hatte kinnlanges, dunkles Haar, braune Augen und alt wirkende, glanzlose Haut. Sie war schmächtig und dünn, in Braun- und Grau-Töne gekleidet.

„Was kann ich für Sie tun?" wollte Andrea wissen.

„Gar nichts", strahlte die seltsame Erscheinung. „Ich möchte etwas für Sie tun."

„Warum?" fragte Andrea, als sie nicht weitersprach.

„Weil Sie gekommen sind zu der Beerdigung von Ludwie. Das war von Ihnen sehr anständig. Und bedanken möchte ich mich nun dafür bei Ihnen", sie betonte jedes Wort einzeln. „Ich besuche jeden, der auf der Beerdigung war. Zuerst aber die Großzügigen, die sich nicht sattgegessen haben auf Kosten der Familie, an Kuchen."

Andrea lenkte sich mit dem Aufschütten des Tees ab. So konnte sie ihr Erstaunen vor dieser Frau verbergen. Ihr war die seltsame Sprachmelodie der Frau bisher nicht aufgefallen.

„Liebe Andrea, für den Tee vielen Dank! Ein wirklich ganz besonderer Mensch sind Sie."

Andrea nahm sich vor, vor jeder Erwiderung oder Antwort tief einzuatmen und bis fünf zu zählen.

„Gott verteilt immer wieder ein paar Perlen unter den Menschen. Und Sie sind eine ganz besondere."

Vielleicht besser bis zehn, entschied Andrea.

„Wissen Sie, so jemand wie Sie war auch Ludwie: herzensgut, loyal, großzügig, hilfsbereit. Er war eine Luxusperle unter den Menschen. Großzügig und herzensgut! Für sich behalten hat er nie etwas, gestiftet hat er alles den Menschen. Können Sie sich das vorstellen?"

Einatmen… drei… sechs… zehn…

„Ja! SIE können sich das vorstellen. Sie sind auch so ein Mensch. Es gibt ja nicht viele, aber ich erkenne sie. Wissen Sie, wie?"

Einatmen… drei… sechs… zehn… „Ich…"

„Wissen Sie, ich sehe gewisse Dinge!" Lieschen senkte verschwörerisch die Stimme: „Gesegnet von Gott bin ich. Er spricht mit mir. Ach, wissen Sie, es ist eine ganz bezaubernde Welt! Ja, ich weiß: überall gibt es Probleme. Aber: was macht das schon? Das Salz im Leben sind Probleme! Nur halb so schön wären die schönen Momente ohne Probleme. Gott müssen wir danken, dass er uns Probleme schenkt. Sie sind wirklich ein Geschenk. Haben Sie Probleme?"

Einatmen… drei… sechs…

„Ja, Sie haben Probleme. Geträumt habe ich letzte Nacht davon. Große Probleme haben Sie. Aber die Großherzigkeit haben Sie, Ihre Freunde damit nicht zu belasten. So großherzig wie Ludwie sind Sie. Wissen Sie, was er immer gemacht hat?"

Einatmen… zwei… fünf… neun…

„Gestiftet. Gestiftet hat er ganz viel. Sagen Sie, was ist das für ein Tee? Der ist ganz hervorragend! Sehr erhellend und spirituell. Haben Sie eine… eine heilende Gabe? Wie ist der Tee gemischt?"

Einatmen… zwei… langsam machte Andrea das Spiel Spaß: sie musste nichts sagen… neun…

„Etwas Melisse, Holunder... Geranie... und Fenchel, hab ich Recht? Ja, Recht habe ich! Wissen Sie, die heilende Gabe habe ich auch. Gegeben hat sie mir Gott, und jeden Tag danke ich ihm dafür. Ach, wissen Sie: es ist schön, jemanden endlich gefunden zu haben, der ebenfalls dieses Geschenk erhalten hat. Wie danken Sie Gott dafür?"

Einatmen... drei...

„Ja, ich weiß: das ist sehr persönlich. Jeder Kontakt mit Gott ist eine ganz intime, geheime, persönliche und einzigartig erfüllende Liebesbeziehung..."

Andrea atmete tiefer ein und hielt die Luft an.

„...Ludwie wusste das. Oft sprach er mit Gott. Ein so lieber und herzensguter Mensch war er! Wissen Sie, was er gemacht hat? Jedes Jahr im Januar? Jeden Januar hat er gezählt – sein Geld. Alles, was er hatte. Nach Silvester. Und dann gespendet hat er es. Alles. Alles, was er selbst nicht brauchte. Jedes Jahr an jemand anderen. Mal an diese Kinderorganisation, mal an die Frauenorganisation, mal an so Hunger- oder Krankheitsorganisationen und gerade auch so an Katastrophenorganisationen. Ganz, ganz viel hat er immer gespendet. Und auch immer, wenn gerade so eine Katastrophe passiert war. Mitten im Jahr hat der dann schon mal sein Geld gezählt und gestiftet, was übrig war. Ein wirklich herzensguter Mensch! Und geholfen hat ihm immer seine liebe Frau. So lieb ist sie! Haben Sie es gemerkt?"

Leuters hatten da etwas anderes angedeutet, erinnerte sich Andrea. Einatmen... zwei... vier...

„Sie ist einfach. Nicht wie wir ist sie. Aber nicht verurteilen dürfen wir die einfachen Menschen. Beide braucht Gott: die einfachen, braven Lämmchen und uns leitende, sorgende Lichter. Aber nein! Aber nein: Sie behandeln die Einfachen nicht unwürdig, dass sage ich nicht. Nein, das tun Sie nicht. Das weiß ich! Ein so großartiger Mensch sind Sie! Nie jemanden falsch behandeln würden Sie! Das sehe ich. Wie Ludwie sind Sie ein bisschen. Und mit Heide habe ich gesprochen. Sie war so erschüttert. Aber so gelobt hat sie Sie: wirklich so nett waren Sie zu ihr! So nett! So nett wie es nur die Auserwählten Gottes sein können..."

Einatmen...

Lieschen blieb bis zum Abendessen. Nur zwei Mal musste Andrea auf ihre Fragen antworten. Alle anderen Fragen beantwortete sie sich selbst, in einer sehr verwirrenden und zeitweise auch beängstigenden Art und Weise. Doch auf Grund von Andreas von Lieschen festgestellter Zugehörigkeit zu einem scheinbar höheren, lenkenden und Gott näheren Menschenzweig drohte ihr wohl keine Gefahr. Nick gehörte anscheinend nicht zu diesen auserwählten Menschen. Er war nur jemand unter den Einfachen mit einem außergewöhnlichen Talent. Armin Themen ebenfalls und Leuters auch. Die anderen, von denen Lieschen sprach, kannte Andrea nicht. Der ganze Abend verlief mit dem sehr wirren Monolog von Lieschen über höhere Mächte, heilende Auserwählte, bezaubernde ‚Einfache' und unermessliche Verantwortung für ‚Einfache'. Zeitweise hatte Andrea Angst, durch zu viel Sauerstoff im Blut zu halluzinieren: sie atmete zu oft und zu tief ein und hielt die Luft zu lange an. Einzig Samiras Besuch war bemerkenswert: hungrig war die Katze in die Küche gekommen, hatte Lieschen gesehen und so laut gefaucht, dass Andrea erschrak. Rückwärts und mit gesträubtem Fell hatte Samira die Küche wieder verlassen und sich unauffindbar im Wohnzimmer versteckt. Lieschen hatte ungerührt erklärt, dass alle Katzen so auf sie reagierten. Sie erklärte es damit, dass Katzen es nicht gewohnt

waren, dass ein Mensch ihnen ebenbürtig war.

Beim Abschied lobte Lieschen Andrea noch mal für ihr Abendessen. Es sei in einer ‚anrührenden Weise emotional, sensibel und geisteserklärend' gewesen. Andrea hätte die Bratkartoffeln mit Rosmarin lediglich als ‚lecker' bezeichnet.

„Froh bin ich, dass wir uns kennengelernt haben. Aber… das war ja kein Zufall. Wie dumm: nie ist es Zufall, wenn zwei von uns sich treffen. Aufeinander achten werden wir, nicht wahr? Lachen Sie, Andrea: für die Freude der Menschen sind Sie da, als ihre Freundin. Ich für den Zusammenhalt. Auf das richtige Miteinander achte ich. Öfter werden wir uns jetzt sehen. Das Bild dieser Stadt verbessern werden wir beide. Wissen Sie, ich werde auch die Anderen von Ihnen grüßen. Das macht man ja so. Und wichtig ist es, dass die Menschen von Ihnen wissen. Sie werden Sie mögen und unterstützen. Ich kenne die Menschen in dieser Stadt: mögen werden sie Sie, wenn Sie von Ihrer Verbindung zu mir wissen. Und aufrechterhalten müssen wir das Andenken an einen von uns: Ludwig Liedner. Den ersten Schritt haben Sie gemacht: geehrt auf seiner Beerdigung haben Sie Ludwie. Ich werde das den anderen berichten."

Nun konnte Andrea Jos Frage vom Morgen beantworten, wie sie immer ‚in alles reinrutschte': sie ging zu Beerdigungen und traf da die seltsamsten Leute, die sie nicht mehr loswurde.

Kapitel sieben

Montag schlug das eisige, klare Wetter um. Es wurde milder und Schnee fiel. Als Andrea Feierabend hatte, war Niederheid weiß. Die meisten Straßen des kleinen Dorfes waren aber schon geräumt. Jo hatte ihr mal erzählt, dass die städtischen Räumfahrzeuge immer so spät nach Niederheid kamen, dass die Bauern und die Dorfverwaltung sich abgesprochen hatten und nun die Landwirte mit ihren Schleppern und einer Borstenrolle die Straßen frei räumten. Nur das Salzstreuen übernahmen die städtischen Fahrzeuge. Andrea genoss die mildere, nicht mehr vor Kälte schneidende Luft, die nach Schnee roch. Sie war froh, dass sie zu Fuß zur Arbeit gegangen war und jetzt auch zu Fuß durch das Schneetreiben nach Hause gehen konnte.

Auf ihrem kurzen Spaziergang begegnete ihr Marion: „Hallo Andrea. Geht dein Auto nicht?"

„Doch. Aber das Wetter ist doch herrlich! Ich bin auch zu Fuß zur Arbeit gegangen."

„Aber das ist doch ein ganzes Stück!"

„Nein, so weit ist das nicht. Und ich geh lieber zu Fuß, als mit dem Auto durch die Gegend zu rutschen."

Marion kicherte: „Andere rutschen gerne! Die holen sich extra einen Schlitten."

Andrea lachte: „Ja, mit Schlitten gerne! Ziehst du mich?"

Die kleine quirlige Frau pustete empörte die Wangen auf: „Pffff! Du kannst mich ziehen! Du gehst ja scheinbar gerne zu Fuß…"

„Nee! Du bist Freund und Helfer der Bürger…"

Marion lachte auf: „Von wegen! Das hört nach Feierabend schlagartig auf! Da erwarte ich Dank und Huldigungen von den Bürgern."

Lachend und kichernd gingen die Frauen ein Stück gemeinsam. Als sie vor Marions Haustüre standen, sagte sie: „Ich würde dich auf einen Kakao oder so einladen, aber ich hab noch was vor. Da kannst du auch hinkommen: am West-Ende vom Dorf ist doch ein kleiner Berg. Weißt du wo?"

Andrea nickte.

„Wenn genug Schnee liegt, trifft sich das halbe Dorf da. Man kann den Hügel runter rodeln. Meistens kommen auch ein paar Bauern mit ihren Schleppern und die ziehen ein paar Schlitten hinter sich her und Jonthers, Kati kommt mit einem Stand und verkauft Würstchen und Glühwein. – Jonthers haben einen Imbiss und einen Marktstand. Das ist immer sehr lustig. Komm doch auch."

Andrea sagte gerne zu.

Als sie warm angezogen zu der Erhebung westlich von Niederheid kam, schlugen ihr lachende und kreischende Kinderstimmen entgegen. Drei große Schlepper standen am Rand des Feldweges, daneben ein Imbissstand und redende und lachende Erwachsene davor. Zwischen den Kindern, die auf Schlitten den kurzen Hügel hinunter rodelten, tauchten immer wieder einige Väter auf, die ebenso viel Spaß am Rodeln hatten wie die Kinder. Wenn ein Schlitten mit Vater umfiel, stürzten sich die Kinder darauf, versuchten den Schlitten zu ergattern und schafften es auch meistens. Es gab zu wenige Schlitten. Lachend kamen die Väter dann zu ihren Altersgenossen zurück. Kopfschüttelnd und stolz analysierten sie den Angriff der Kinder. Größeres Geschrei entstand jedes Mal, wenn einer der Väter den Kindern einen Schlitten abluchste. Keine der Mütter war auf der Rodelbahn. Andrea fand Marion, die mit ein paar anderen Frauen zusammenstand und sich das Schauspiel ansah. Andrea begrüßte sie.

Kurz darauf tippte ihr jemand auf die Schulter. Hanne Giesbert, die etwas steif wirkende Frau aus ihrer Nachbarschaft, lächelte sie an: „Hallo Frau Jansen. Schön, dass Sie auch gekommen sind."

„Ja, finde ich auch. Ich wusste bis eben gar nicht, dass es so was hier gibt."

„Ich hätte ja schon Lust, auch mal da runter zu fahren", gestand Andrea und nippte an dem heißen

Apfelpunsch, von dem auch die Kinder begeistert tranken.

Hanne Giesbert grinste: „Ja, ich auch. Vielleicht, wenn die Kinder müde sind?"

„Warum? Die Männer klauen den Kindern auch die Schlitten. Und die Kinder haben einen riesigen Spaß daran."

Hanne sah Andrea an: „Meinen Sie, wir sollen…"

„Ich weiß nicht. Die Kinder kennen mich nicht. Vielleicht haben sie Angst?"

Hanne grinste: „Kommen Sie: wir klauen meinem Sohn den Schlitten. Dann teilen wir uns den, das geht doch, oder?"

Andrea lachte: „Ja, klar! Aber… kriminelle Aktionen nur unter Freunden: ich heiße Andrea."

„Da hast du Recht. Hanne", grinste sie verschwörerisch.

Eine Stunde lang spielten und tobten die beiden Frauen mit den Kindern im Schnee. Sie seiften die Kinder, die sie erwischten, ordentlich mit Schnee ein und bekamen es jedes Mal mehrfach heimgezahlt. Fünf Mal schafften sie es, einen Schlitten zu ergattern und den Berg runter zu rodeln. Der ein oder andere Mann versuchte, ihnen den Schlitten abzunehmen, doch dann waren die Kinder plötzlich Verbündete der Frauen. Die Männer gewannen nie. Die Kinder bettelten, sie mögen doch bleiben, als Hanne und Andrea gehen wollten, aber sie ließen sich nicht abhalten. Sie hatten Hunger und waren müde. Erst als Andrea wieder am Imbiss-stand war, bemerkte sie, dass Flutlichter aufge-stellt worden waren.

„Feuerwehr", erklärte Hanne, die Andreas er-staunten Blick bemerkt hatte. „Komm, ich spen-dier dir eine Wurst. Ich freu mich richtig, dass ich dich kennengelernt habe: endlich eine Frau, mit der man verrückt sein kann."

Andrea lachte, konnte aber nicht antworten, weil Jo sie rief.

„Ah, jetzt kommen auch die älteren Kinder", stelle Hanne fest. Sie wies auf eine Gruppe Jugend-licher: „Es gibt keine andere Gelegenheit im Jahr, bei dem sich alle Generationen so gut verstehen. Beim Sommerfest gibt es immer die üblichen Grup-pen: Eltern mit Kindern, Erwachsene ohne Kinder und Jugendliche."

„Hallo Andrea. Schön, dass du auch da bist! Hab gesehen: du hast die Kinder schon ordentlich aufgemischt", grinste Jo.

Andrea umarmte Jo und Eva spontan: „Hallo. Schön, dass ihr da seid! Das macht auch echt Spaß! Wo ist euer Kind?"

„Bei Oma. Macht... Also ist das nicht furchtbar schnell, da runter zu fahren?" fragte Eva.

Jo schüttelte den Kopf: „Quatsch! Sollen wir?"

„Nee, lieber nicht."

Andrea grinste als sie Jo die Augen verdrehen sah: „Mach schon, Eva. Das macht wirklich Spaß!"

„Nee, vielleicht später..."

„Für mich keinen Glühwein mehr", rief Jo Andrea hinterher. „Ich muss gleich noch `ne Runde fahren."

„Bist du mit dem Trecker hier?"

„Ja, klar! Weißt du, was die Kinder für einen Spaß haben, vom Trecker gezogen zu werden?"

„Nicht nur die Kinder", murmelte Eva.

Das Ehepaar und Hanne Giesbert hatten immer wieder Freunde und Bekannte gegrüßt, waren aber bei Andrea geblieben. Hannes Mann hatte sich zwischendurch zu ihnen gesellt, war aber wieder von Freunden weggelockt worden. Andrea hatte sich gewundert, dass Giesbert und Peters sich nicht kannten. Sie holte drei Becher Glühwein und einen Kakao für Jo. Sie grinste, als sie ihm den gab: „Hier, für die Kleinen."

Jo lachte nur.

„Oh Gott! Manche Frauen haben auch gar keine Ahnung von warmen Klamotten", murmelte Hanne. In der Richtung, in die sie sah, entdeckten sie Nick. Eine schlanke Frau in schicken, hochhackigen Schuhen und modischem Mantel hatte sich bei ihm untergehakt.

„Wen hat er denn da abgeschleppt?" brummte Jo.

„Die neue Kommissarin", antwortete Andrea. Es verdarb ihr die Laune, die unsympathische Frau zu sehen.

„Ich dachte, er fängt nichts mit seiner Chefin an?" wunderte sich Hanne. „Das hat er doch gesagt?"

Andrea zuckte nur mit den Schultern.

„Jetzt hat er doch Feierabend", überlegte Eva.

Nick begrüßte seine Freunde, ließ die Kommissarin sich aber selbst vorstellen. Grinsend sah er Andrea an: „Ich hab gehört, du hast den Kindern den Schlitten geklaut, um den Berg runter zu rodeln?"

Andrea hatte Nick noch nicht ganz verziehen, wie er sie behandelt hatte. Und dass er die Kommissarin mitbrachte, gefiel ihr auch nicht. „Mmh, hat Spaß gemacht."

Nick lachte: „Das glaube i..."

„Ja, ich auch! Aber ich muss zugeben: ich könnte das nicht. Die Frisur... Und so viele, die mir da zusehen, wenn ich mit dem Schlitten umkippe oder einen Unfall baue..."

Andrea mochte die Kommissarin noch weniger!

„Darum geht es doch", meinte Hanne. „Das ist doch das Gute bei Schnee: man tut sich nicht weh, weil der Schnee weich ist und alle dick angezogen sind."

„Ja, da haben Sie sicher recht. Aber wie dick kann man sich als Frau schon anziehen? Man muss schließlich noch einigermaßen aussehen."

„Ich bin verheiratet", meinte Eva, als niemand antwortete. „Mein Mann liebt mich und es reicht ihm, wenn ich Zuhause, wenn wir unter uns sind, ganz gut aussehe."

Jo küsste sie und grinste: „Außerdem bin ich froh, wenn du nicht halb erfroren bist und meinst, ich müsste dich aufwärmen, wenn du als Eisklotz ins Bett krabbelst."

„Das sind die harten Kerle von heute", überlegte Hanne grinsend und sah Jo an. „Nicht hart genug, um ein bisschen Kälte auszuhalten…"

Treilert ließ Jo nicht antworten: „Ach, ja, wenn man verheiratet ist, ist das bestimmt was anderes. Was meinst du, Nick?"

Andrea wurde schlecht.

Nick brummte etwas Zustimmendes.

„Mein Mann findet mich immer hübsch. – Sagt er zumindest", überlegte Hanne grinsend.

Jo lachte: „Glaubst du ihm nicht?" Er hatte gar nicht daran gedacht, Hanne oder ihren Mann zu siezen.

Sie zuckte mit den Schultern: „Wenn ich mich morgens im Spiegel sehe, bin ich mir sicher, dass er entweder blind oder ein Lügner ist."

„Vielleicht ist er auch einfach nur verliebt?" meinte Eva.

Hanne lachte: „Ja, das kann auch sein. Das ist bisher die schönste Erklärung."

„Also ich würde ja so was nicht einfach glauben. Er müsste mir dann ganz genau erklären, was er an mir schön findet. Alles andere ist doch nur so daher gesagt."

Andrea stöhnte innerlich. Wenn die Frau in ihrem Job so dumm war, wie sie sich im Zwischenmenschlichen gab, würde ihre Karriere als Kommissarin bald beendet sein.

„Frau Jansen, Sie sind so still? Ich wollte Sie nicht verunsichern, als ich gesagt habe, es wäre mir peinlich, mit dem Schlitten den Berg runterzurutschen", erklärte Frau Treilert.

„Ich weiß nicht, was ich sagen soll", antwortete Andrea bemüht freundlich.

„Haben Sie keine Meinung zu dem Thema? Sie müssen doch wissen, was Sie sich von Ihrem Freund wünschen!?"

In Verhören war die Frau bestimmt gut.

„Oder haben Sie keinen Freund?"

Andrea biss sich auf die Zunge und kniff sich in den Finger. „Mein..."

„Ich kann mir vorstellen, dass man seine Frau immer schön findet. Man liebt sie schließlich. Und... ich kenne keinen Menschen, den ich mag und gleichzeitig hässlich finde."

Andrea sah Nick dankbar an. Dafür verzieh sie ihm die Unterstellungen bezüglich Sven.

„Nein?" Die Kommissarin sah mit großen Augen zu Nick auf.

„Nein."

„Warum?"

Aber Andrea verzieh ihm nicht, dass er die Frau mitgebracht hatte!

Nick schwieg ratlos.

„Weil das Äußere nicht wichtig ist", erklärte Andrea. „Der hässlichste Mensch wird durch einen guten Charakter für seine Freunde schön und ein Charakterloser kann noch so schön sein: niemand wird ihn mögen."

„Sie finden also Ihre Freundinnen hier nicht schön? Sie haben nur einen ‚guten Charakter'?" bohrte KHK Treilert nach.

„Ich halte Hanne und Eva für hübsche Frauen und bin mir sicher, dass ihre Männer sie auch körperlich attraktiv finden! Aber deshalb haben sie sie nicht geheiratet! Es gibt auch Männer, denen der Charakter wichtig ist. Und Jo und Hannes Mann sind so welche! Und ich…"

„Andrea, gehen wir rodeln? Da steht ein Schlitten", unterbrach Eva sie. Andreas Stimme war immer schärfer geworden. Sie ließ sich gerne von Eva mit zu dem Schlitten ziehen.

„Die Frau ist eine Katastrophe", murmelte Andrea als sie mit Eva den Schlitten hochzog.

„Mmh. Aber wenn Nick sie mag… Vielleicht ist sie nur am Anfang so schlimm?"

Andrea schwieg. Es brauchte zwei Rodelpartien und die Kollision mit Jasmin Klein und einer Freundin, damit Andrea wieder lachte. Kichernd kullerten die vier Frauen über- und untereinander den Berg hinab. Grinsend hakte Eva sich auf dem Weg nach oben bei Andrea unter: „Jetzt sind wir bei Nicks Hühnchen ganz unten durch. Alle haben sich über uns lustig gemacht, unsere ‚Frisur' ist den Bach runter und wir finden das auch noch lustig..."

„Den ‚Berg', nicht den ‚Bach'", kicherte Andrea albern.

Jo zog Eva in seine Arme und küsste sie. „Verrücktes Mädchen", flüsterte er.

„Aber komplett deins", kicherte sie.

„Schatz, fahren wir auch mal?" fragte Herr Giesbert. Er umarmte und küsste seine Frau. Hanne war sofort begeistert.

Eva sah ihren Mann auffordernd an, doch der wies mit einem knappen Nicken auf Nick. Eva küsste Jo noch mal und nahm Nick am Arm. „Komm, Nick: wir fahren auch. – Wir sind schneller als ihr unten", rief sie Giesberts zu, als Nick ihr scheinbar erleichtert folgte.

Giesberts lachten: „Wer zuerst unten ist, zahlt die nächste Runde Glühwein."

„Sollen wir auch?" fragte Jo Andrea.

„Willst du gerne? Ich hab eigentlich keine Lust mehr."

Jo grinste: „Ich wollte nur höflich sein."

Frau Treilert schwieg den restlichen Abend. Fassungslos sah sie schließlich zu, wie Jo und Nick und zwei weitere Männer Rodelrennen gegeneinander veranstalteten. Andrea beachtete sie nicht weiter. Sie genoss den Abend mit ihren Freunden. Die meisten Kinder waren mittlerweile nach Hause gegangen, so dass sich genügend Schlitten fanden und Andrea noch einige Male mit

Hanne, Eva und ein paar anderen Frauen den Berg hinunter rodelte. Es machte einfach zu viel Spaß um aufzuhören.

„Andrea! – Andrea! Warte."

„Was ist denn?"

Nick lief ihr mit langen Schritten nach. „Ich bring dich nach Hause. Es ist dunkel. Ich will nicht, dass dir was passiert."

„Ich finde schon nach Hause. Musst du dich nicht um Frau Treilert kümmern?"

Er murmelte etwas, was sie nicht verstand. Dann sagte er: „Die geht mit Giesberts in die Stadt zurück."

Schweigend ging Andrea weiter.

„Es war schön, was du eben über den Charakter gesagt hast. Genauso habe ich das gemeint", sagte Nick.

Andrea schwieg.

Er musterte sie: „Bist du noch sauer?"

„Warum hast du sie mitgebracht?"

„Ich hab sie nicht mitgebracht."

„Und warum war sie dann da?" höhnte Andrea.

„Sie ist einfach mitgekommen", murmelte Nick.

„Und woher wusste sie davon?" Andreas Stimme wurde wieder schärfer.

„Ich hab es ihr erzählt. Sie wollte mit mir Essen gehen…"

Andrea blieb stehen: „Ich dachte, du wolltest nichts mit ihr anfangen!?"

„Hab ich auch nicht..." verteidigte er sich.

„Aber du gehst dauernd mit ihr essen und nimmst sie nach Feierabend mit zu deinen Freunden? Weißt du was? Ich hab keinen Bock da drauf! Erzähl irgendwem anderes deine Lügengeschichten! Ich hab gedacht, wir wären Freunde! Aber anstatt... Ach, lass mich einfach in Ruhe!" Sie ließ ihn in der Dunkelheit stehen.

Sie schlief nicht gut. Unruhig wälzte sie sich hin und her, wachte immer wieder auf und schlief nur schlecht wieder ein. Es tat ihr leid, was sie zu Nick gesagt hatte. Sie hatte überreagiert, weil sie müde gewesen war. Dabei war es nett gewesen, dass er sie nach Hause bringen wollte. Er hatte damit auf einen Platz in Jos geheiztem Schlepper verzichtet. Erst gegen Morgen schlief sie drei Stunden durch. Als sie ihre Wohnung in den kalten, grauen Morgenstunden verließ, stand ihr Entschluss schon fest: sie würde sich in der Mittagspause bei Nick entschuldigen.

Ungeduldig wartete sie darauf, Mittagspause machen zu können. Sie fuhr mit dem Auto zur Wache, weil das schneller ging. Normalerweise lief sie die kurze Strecke. Nicks Kollegen am Eingang begrüßte sie freundlich und fragte: „Ist Nick da?"

„Mmh, im Büro."

„Kann ich zu ihm?"

„Mmh... ist vielleicht grade nicht so gut... Obwohl... vielleicht auch besser. Ja, gehen Sie mal durch", überlegte der ältere Beamte.

Etwas verwirrt ging Andrea den Gang entlang zu Nicks Büro. Doch als sie eine laute Stimme aus seinem Büro hörte, wusste sie, was der Mann am Empfang gemeint hatte. Es war Jos Stimme. Also klopfte sie und trat leise ein. Nick saß mit unbewegter Miene an seinem Schreibtisch in dem kleinen, ordentlichen Büro. Der Raum hatte wenig Privates. Es war für Nick wirklich nur ein Arbeitszimmer, dass er sich nicht gemütlich einrichtete. Er war lieber draußen. Auf dem Schreibtisch lagen ein paar Papiere und der Computer lief. Der Polizist nickte Andrea kurz zu, als er sie sah, reagierte aber weiter nicht.

Jo schrie ihn wütend an: „...fünf Felder! Und ihr macht nichts! NICHTS! Wir sind auf das Geld angewiesen! Wir brauchen das zum Überleben! Aber das kümmert euch ‚Verbraucher' ja nicht! Ihr geht ja im Supermarkt einkaufen und da gibt es ja immer Brot! Aber ich sag dir was: wenn das Getreide alles plattgefahren wird, gibt es bald kein Brot mehr! Und ihr tut nichts! Ihr sitzt euch eure Ärsche platt! Oder denkt nur daran, eine dämliche Kommissarin zu vernaschen. Weißt du was: ich mach das selbst! Und jeder, der auch nur einen Fuß auf meinen Acker setzt, bekommt `ne Ladung Schrott..."

„Jo..."

„Du kannst mich mal! Wenn du nur daran denkst, deine Neue zu beglücken, muss ich mir eben selbst helfen! Ich kann es mir nicht leisten, meine Felder verwüsten zu lassen! Ich muss meine Familie ernähren! Und wenn du nichts tust, muss ich das machen! Und..."

„Hallo Jo", sagte Andrea gerade so laut, dass er sie hörte.

Er stockte, murmelte ein ‚Hallo' und sah Nick wieder wütend an.

Aber Nick kam ihm zuvor. Er blickte ruhig zu ihm auf, aber seine Stimme war warnend: „Jo, wenn ich dich oder einen von deinen Kollegen mit irgendeiner Waffe in den Feldern erwische, sperre ich euch ein! Jeden von euch! Ist das klar?"

„Ich kann auf meinem Grund und Boden Kaninchen jagen, wann immer ich will! Das kannst du mir nicht..."

Erschrocken stockte er, als Nick mit der flachen Hand auf den Tisch schlug. Nick stand auf: „Wenn ich irgendjemanden mit einer Waffe in den Feldern erwische, sperre ich euch ein! Und es ist mir SCHEISSEGAL, ob ihr Kaninchen oder sonst was jagen wollt! Ab sofort gilt ein Waffenverbot für alle Landwirte! Ihr bekommt jeder eine Anzeige wegen ‚Widerstands gegen die Staatsgewalt'! Und jetzt raus hier! Wehe, ich erwische dich mit der Flinte auf dem Feld!"

Jo murmelte etwas, von dem Andrea nur ‚leid tun' verstand, und stapfte wutentbrannt raus.

„Und was kann ich für dich tun?" knurrte Nick, als Jo die Tür zugeknallt hatte.

„Ich... Was ist denn passiert? Nein! Erst: Nick, bitte entschuldige, was ich gestern gesagt habe. Ich war müde, und es tut mir leid."

Er sah sie überrascht an. „Ich wollte dich eigentlich zum Essen einladen, aber... wenn..."

„Ich habe einen Riesen-Hunger", seufzte er. „Wer fährt?"

Andrea sah ihn erstaunt an: „Fahren? Wo willst du denn essen?"

„In der Dorfkneipe, dachte ich?"

„Dahin können wir doch laufen... Schon gut, schon gut", lachte Andrea und hob beschwichtigend die Hände. „Ich fahre."

Nick grinste: „Langsam solltest du Beamte doch einschätzen können."

„Marion!" Andrea erschrak, als Nick am Empfang laut und bestimmt nach seiner Kollegin rief. Die kleine Beamtin steckte den Kopf aus einem Raum. Nick erklärte ihr: „Jo will selbst diejenigen suchen, die die Felder verwüsten. Wenn der mit einer Waffe auf den Feldern entdeckt wird, wird er eingesperrt! Sofort! Da muss niemand vorher nachfragen. Sag das den Kollegen. Und schick alle Kollegen, die aus der Pause kommen, raus: die sollen die Leute in der Umgebung kontrollieren, die ein Quad gekauft haben. Das ist die Liste und das sind die Reifenspuren von Jos Feld zum Vergleich. Mit dem Schnee hatten wir diesmal Glück: die Spuren sind sehr viel deutlicher als bei den letzten beiden Malen. Und jeder, der ein Quad hat, an dem Getreidekeime hängen, wird verhaftet."

„Und wenn die nicht kooperieren wollen, wie beim letzten Mal?"

„Festnehmen!"

„Nick…"

„Das ist eine Dienstanordnung!"

„Aber…"

„Was war daran nicht deutlich?"

Marion schwieg überrascht. Dann nickte sie: „Ja, gut."

„Darfst du den Bauern das Jagen verbieten?" wollte Andrea wissen.

„Nein. Aber es geht auch nur darum, Jo unter Kontrolle zu halten. Auch wenn er so tut, als interessierte es ihn nicht, was ich ihm verbiete, hält er sich doch daran. Und er stachelt auch die anderen Bauern nicht auf."

„Und warum hast du so betont, dass deine Kollegen nicht nachfragen müssen, wenn sie Jo festnehmen wollen?" fragte Andrea im Auto.

„Die Kollegen fragen mich bei Jo immer extra um Erlaubnis."

„Und…" sie brach ab, weil sie nicht wusste, wie sie fragen sollte.

„Er bekommt keinen Vorteil oder Vorzugsbehandlung, weil wir Freunde sind. Aber er ist kooperativer, wenn er weiß, dass ich weiß, was meine Kollegen mit ihm machen."

Andrea schüttelte lachend den Kopf: „Hast du eigentlich auch eine Kindergärtnerausbildung?"

Nick grinste schief: „Nein. Aber da kann ich bestimmt anfangen, wenn ich diesen Job verliere. – Ich hab gehofft, dass die Jos Felder in Ruhe lassen. Oder dass wir die Täter vorher finden... Wenn Jo keinen Aufstand macht, machen es die anderen Bauern auch nicht."

„Braucht ihr nicht eine richterliche Anordnung für die Quads?" fragte Andrea, als sie ihr Essen bestellt hatten. Sie waren die einzigen Gäste des schrankgroßen Wirtes der Dorfkneipe.

„Mmh. Aber ich kenne Jo und seine Kumpane: die halten sich nicht lange an das Verbot. Gerade, wenn Jo wütend ist. Außerdem hat er Recht: es richtet einen großen, wirtschaftlichen Schaden an."

„Du riskierst deinen Job..."

„Besser als das Leben eines anderen. Ich diskutiere nicht gerne über meine Anordnungen."

Erstaunt sah Andrea ihn an. Sie nickte: „Ja, hast Recht. Entschuldige. Ich... Ich hatte nur gedacht, es gibt bestimmt einen anderen Weg. Aber..." sie brach ab.

„Aber?" fragte Nick nach.

„Aber den würdest du nehmen, wenn es den gäbe."

Nick lächelte: „Danke! Endlich jemand, der meine Entscheidungen und Fähigkeiten nicht anzweifelt. Jennifer Treilert hat mir heute Morgen schon vorgeworfen, nicht objektiv zu sein und deine Hinweise stärker zu berücksichtigen als andere."

Andrea wusste nicht zu antworten.

„Ich glaube, sie war sauer, dass ich dich nach Hause bringen wollte."

„Nick, es tut mir leid, was ich gestern gesagt habe! Ich war müde! Und sauer auf sie. Ich... Ich fand es gemein, was sie gesagt hat..."

„Hey, schon gut! Ich versteh dich! Ich wollte sie auch gar nicht mitbringen. Sie ist mir einfach gefolgt. Und als es rutschig wurde, musste sie sich festhalten – bei den Schuhen..."

„Du hast also nicht gelogen? Du hast nichts mit ihr? – Es geht mich ja eigentlich nichts an, aber..."

„Nein, ich hab nicht gelogen! Ich fange auf keinen Fall was mit einer Kollegin an! Selbst wenn sie mir gefallen würde."

Andrea grinste erleichtert: „Sie gefällt dir also nicht?"

Er sah sie warnend an.

Andrea kicherte: „Das beruhigt mich: ich habe schon überlegt, wie ich mit ihr klar kommen kann, wenn du dich in sie..."

Nick grinste: „Red bloß nicht weiter!"

Sie liebte den amüsierten Ausdruck in seinen Augen und lachte: „Tut mir leid. Ich denke, sie mag dich... aber bei dir war ich mir nicht so sicher."

Er grinste breiter: „Wenigstens kennst du mich ein bisschen."

„Nick, wie bist du auf diesen Quatsch mit Sven gekommen? Ich habe mich nie mit ihm getroffen. Nur bei Eva und Jo im Stall, und das eine Mal hat er mich zur Werkstatt gefahren."

Nick schwieg.

„Komm schon: lass uns die ganzen Streitpunkte klären. Ich will mich nicht mit dir streiten."

„Jo hat erzählt, dass ihr euch beide am gleichen Wochenende frei genommen habt", murmelte der große Mann sehr leise. Er mochte sie nicht als Lügnerin entlarven.

„Ich habe mich mit Marion getroffen, als ich Jo und Eva abgesagt habe. Da hatte Sven auch frei? Das wusste ich nicht. Aber du kannst Marion fragen: ich war mit ihr weg, nicht mit Sven. – Ich habe Fabian nie betrogen! – Ich hab noch nie jemanden betrogen."

Nick musterte sie überlegend. Nach einer Weile brummte er: „Tut mir leid. Ich hätte dich fragen sollen, anstatt dir so was einfach vorzuwerfen."

Andrea lächelte: „Stimmt! Aber ab jetzt können wir das ja mal machen."

Er erwiderte ihr Lächeln erleichtert: „Ja!"

„Hast du was von Fabian gehört?"

„Nein."

„Weißt du, was du…" Nick brach ab.

„Nein, auch nicht", meinte Andrea. „Seid ihr mit dem Toten weiter?"

Nick schüttelte kauend den Kopf.

„Kennt niemand den Toten?"

„Nein."

„Auch diese Rothaarige auf den Bildern nicht? Sie unterhält sich mehrmals mit ihm."

„Das ist Frau Gutzhenry."

Andrea schwieg überrascht. „Und habt ihr ihren Mann in Berlin gefunden?" –

„Nein. Die Kollegen haben alle Hotels und Pensionen abgeklappert: niemand mit dem Namen."

„Aber…" Andrea brach verwirrt ab.

Nick sah sie an: „Denk laut: du hast oft gute Ideen. – Und im Gegensatz zu Treilert kann ich mit Befehlen von Frauen umgehen."

„Ey!" lachte Andrea.

Nick grinste: „Also: was denkst du?"

„Im Moment habe ich gar keine Ideen… Aber… Was sagt sie denn, wer der Mann ist, mit dem sie sich unterhält?"

„Sie sagt, sie kennt ihn nicht – sagt Treilert."

Andrea musterte Nick kritisch: „Du glaubst ihr nicht?"

„Ich glaube nicht, dass sie lügt. Aber sie ist ein bisschen zu weich und zu nachsichtig bei verschiedenen Sachen. Sie hält es auch nicht für nötig, Herrn Gutzhenry orten zu lassen. Sie hält beide Gutzhenrys für unschuldig und verfolgt die Spur des Vertreters, von dem Jan mir erzählt hat. Der ist jetzt in der Nähe von München. Außerdem hat sie noch einen ähnlichen Mord in Ostbayern gefunden."

„Da kommen Gutzhenry her, oder?"

„Ja, genau. Und der Vertreter auch."

„Und was hältst du von der Spur?"

Nick zuckte mit den Schultern: „Ich halte das für weithergeholt. Herr Gutzhenry interessiert mich viel mehr als der Vertreter."

„Mich auch! Und die ,ach so unschuldige, unwissende' Ehefrau. Die hat nicht nur eine Lüge erzählt: nie im Leben hat die Berliner Polizei einen Mann weggeschickt, auf dessen Aussage ihr wartet. Ich ruf sie an. Entschuldige..." Sie wählte Frau Gutzhenrys Nummer und schaltete dann den Lautsprecher an, damit Nick mithören konnte.

„Ja?" Es war eine Frauenstimme, aber Andrea kannte sie nicht.

„Jansen, guten Tag. Frau Gutzhenry?"

„Nein, Postawski. Ich bin eine Kundin. Frau Gutzhenry ist gerade im Lager. Soll ich was ausrichten?"

„Äh... ich..."

„Nein, keine Sorgen: Frau Gutzhenry hat wieder gute Laune. Haben Sie auch schon Mal hier angerufen und sie war so ganz schlimm gelaunt?"

Überrascht sahen Nick und Andrea sich an. „Ja", sagte Andrea schließlich. „Ich wollte sie nur nach einem seltenen Bier für meinen Mann fragen und da ist sie völlig durchgedreht..."

Nick sah sie vorwurfsvoll an. Sie zwinkerte ihm verschwörerisch grinsend zu, was ihn seine Zweifel vergessen ließ.

„Ja, das kenn ich", erklärte Frau Postawski. „Aber es ist wieder besser geworden. Sie hat jetzt wieder richtig gute Laune und ist so wie früher."

Andrea sah fragend zu Nick, weil sie nicht weiter wusste. Aber sie wartete seine Reaktion nicht ab. Sie versuchte einfach ihr Glück: „Sie wird sicher Stress mit ihrem Mann gehabt haben. Aber jetzt, wo er in Berlin ist..."

„Der ist nicht in Berlin. Den habe ich gestern gesehen, der hat mir die Kisten ins Auto geladen. Aber ich glaube, Sie haben Recht: die hatten Streit. Aber vor Wochen schon, nach Silvester oder so. Der war auch so oft so schlecht gelaunt. Aber jetzt ist alles wieder in Ordnung. Er ist wie ausgewechselt. Seit fünf Wochen ist da wieder alles in Ordnung. Wissen Sie, das weiß ich so genau, weil ich da Geburtstag hatte. Wir kommen seit Jahren hier her und den Geburtstag von meinem Mann vor Weihnachten haben die vergessen, aber meinen vor fünf Wochen..."

„Entschuldigen Sie, Frau Postawski, mein Bus kommt. Ich rufe einfach später noch mal an. Vielen Dank."

Die beiden Freunde sahen sich an. „Der Mann ist nicht in Berlin und war gestern im Getränkehandel, das Ehepaar hatte bis etwa Silvester Streit, seit fünf Wochen ist er wie ausgewechselt, also etwa seitdem wir hier eine Leiche im Auto haben", fasste Andrea zusammen. Der Polizist nickte. Er erfasste die Bedeutung noch nicht ganz, als Andrea fort fuhr: „Als ich das zweite Mal mit Frau Gutzhenry telefoniert habe, hat sie mir unterstellt, ich hätte meinen Mann umgebracht und in das Auto gelegt, weil ich einen Neuen habe. Das weiß ich noch, weil ich mich gefragt habe, wie sie auf sowas kommt. Vielleicht war es ganz einfach so? Nur bei ihr, nicht bei mir. – Pass auf: ist nur eine Idee, aber überprüfen kannst du die ja: der Tote ist ihr Mann. Aber sie hat sich in seinen Zwillingsbruder verliebt. Also haben die den Mann zusammen umgebracht. Damit das nicht auffällt, haben die den in das Auto gepackt und das Auto an die Grenze gestellt. Leider ist das Auto aber nicht gestohlen worden. Weißt du noch, wie erstaunt sie war, als ich ihr gesagt habe, dass das Auto nicht in Holland ist? Als ich angerufen habe, weil ich das Auto ‚zerkratzt' hatte? Danach musste der neue Mann verschwinden, weil er ja dem alten Mann, also dem Toten, ähnlich ist und die Polizei Fragen stellt, wenn sie die Leiche findet. Also haben die die Geschichte mit Berlin erfunden. Aber eigentlich wohnt der neue Mann einfach so lange in seiner alten Wohnung, bis die Ermittlungen abgeschlossen sind. Und den Ausweis von seinem Bruder hat er einfach übernommen: den Unterschied sieht ja niemand."

Nick hatte sich daran gewöhnt, ihren Gedankengängen hinterher zu stolpern und sie ließ ihm Zeit, ihre Überlegungen nachzuvollziehen. Sie dachte schnell, Nick dafür gründlicher. Als er soweit war, sah er sie zweifelnd an: „Dann hätte sie ihn doch erkannt."

„Hat sie ja bestimmt auch. Aber wenn sie das gesagt hätte, wäre sie verdächtig gewesen. Die Frau eines Ermordeten ist immer verdächtig."

„Sie hätte doch sagen können, dass es der Bruder ist. Wir erkennen den Unterschied doch nicht."

„Aber dann wäre sie auch Mittelpunkt der Ermittlungen gewesen. Aber so habt ihr nach einem Unbekannten gesucht, der das Auto geklaut hat. Bisher haben wir doch gedacht, der Dieb ist auch der Mörder."

Der Polizist nickte. Andrea war froh, dass sie wieder mit ihm reden und über seine Arbeit debattieren konnte. Sie hatte Spaß an den Denkspielen.

„Und woher wissen wir, dass nicht der Bruder der Tote ist?"

Andrea überlegte: „Ihr Mann müsste Sebastian heißen. Aber wenn der Bruder jetzt seine Identität übernommen hat, wird sie ihn auch so nennen. Und er hat ja auch die entsprechenden Papiere... Aber ihr Mann muss eine Narbe am Arm haben.

Eine Verletzung von einem Angriff mit einem Messer in Berlin. Davon hat sie mir erzählt: sieht so aus, als hätte er sich die Pulsadern aufgeschnitten."

„Aber der Bruder kann auch der Tote sein!?"

Andrea zuckte mit den Schultern: „Ja, klar. Aber aus welchem Grund? Wenn der Mann ihn umgebracht hat, weil er eine Affäre mit Frau Gutzhenry hat, hätte sie ihn ja nicht gedeckt. Die Firma hat keine finanziellen Sorgen und einen Streit hat auch niemand beobachtet. – Es muss ja nicht stimmen. Vielleicht ist das Motiv auch ein anderes und der Zwilling ist tot. Oder es ist gar nicht Herr Gutzhenry und die Zwillinge sind wirklich keine Bekannten von den Gutzhenrys. Es ist nur eine Idee, die ihr überprüfen könnt. Wenn Treilert diesem tätowierten Kunden ein Foto gezeigt hätte, wärt ihr wahrscheinlich schon weiter. Aber du kannst doch bestimmt einen Dortmunder Kollegen mit einem Foto zu dem Laden schicken und die Kunden fragen, wer der Mann ist, oder?"

Nick hatte bei Treilerts Namen die Augen verdreht und begann jetzt zu grinsen: „Ich frag erst mal Pia nach der Narbe. Es werden ja nicht viele Männer solche Narben haben. Wenn deine Geschichte stimmt, bist du... unglaublich! – Wenn der Zwilling den Audi hierher gebracht hat, kann die DNA im Auto auch von ihm sein: die unterscheidet sich bei Eineiigen ja nicht. Höchstens durch unterschiedliche Antikörper gegen Krankheiten und das kann ich das Labor testen lassen: einen Tropfen Blut vom Fahrer – hoffentlich vom Fahrer – haben wir ja. Fingerabdrücke von eineiigen Zwillingen unterscheiden sich, aber wir haben ja nur die vom Opfer..." führte er Andreas Überlegungen weiter. Er kramte sein Handy aus der Tasche: „Lass mich bitte eben telefonieren..."

„Ja, klar!" Andrea hörte ihm zu, wie er erst mit Pia, dann mit Jennifer Treilert sprach.

„Die Narbe am Handgelenk gibt es. Die hat Pia gesehen. Treilert überprüft die Geschichte jetzt. Über diesen Angriff, der die Narbe verursacht hat, muss es ja im Krankenhaus oder bei der Polizei Unterlagen geben. Und sie sagt dem Labor wegen der Antikörper des Toten und im Blutstropfen Bescheid. Hab ihr nicht gesagt, dass die Theorie von dir ist."

Andrea kicherte: „Hab ich gehört. Ist auch besser so: ich hab keine Lust von einer eifersüchtigen Kommissarin besucht zu werden..."

Nicks Augen blitzten amüsiert auf, aber der Wirt kam ihm zuvor. Er knallte eine Zeitung auf den Tisch und brüllte: „Haste dat jelese? N Frechheit is dat! Dat kann einfach nich sein!"

Nick warf Andrea einen entschuldigenden Blick zu und nahm die Zeitung. Während er den Artikel im Lokalteil überflog, aß Andrea weiter. Der Wirt zerrte mit Radau einen Stuhl an den Tisch und setzte sich zu ihnen.

„Wat sachste?" drängte der Wirt, als er der Meinung war, Nick hätte zu Ende gelesen.

„Moment", murmelte der.

„Ne Frechheit is dat! Dat kann nich sein! De hat se nich mehr all! Un dat lass isch nich mit misch mache! Isch hab auch meine Stolz."

„Mal janz ruhich. So schlimm is dat nich: de erzählt hier, dat et janz unjefährlich is…"

Andrea sah erstaunt auf, als Nick dem Wirt in lupenreinem Platt antwortete. Sie vergaß immer wieder, dass er die seltsame Sprache auch sprechen konnte. Nick registrierte ihren Blick belustigt.

„Dat erzählt de!" schnaubte der Wirt aufgebracht.

Andrea hörte nicht weiter zu: sie wusste nicht, worum es ging und es interessierte sie auch nicht. Sie entdeckte ein Bild mit Palmen und blauem Wasser in der Zeitung und bat Nick um den Teil.

Entgegen ihrer Hoffnung handelte der Bericht nicht von einem schönen, tropischen Urlaubsland mit weißem Sand, warmem Wasser und exotischen Früchten. Er fasste die Naturkatastrophe auf Sri Lanka zusammen. Andrea erinnerte sich an die Berichte im Radio, als sie von Frankfurt nach Niederheid gefahren war. Sie hatten sie etwas von ihrer Wut auf Fabian abgelenkt. Sie hätte nicht mal gewusst, wo er war, wenn sie ihn hätte besuchen wollen. Sie wusste gar nichts mehr aus seinem Leben – außer, dass er sich scheinbar ausnahmslos auf Verhandlungen vorbereiten musste und in der

Kanzlei ihres Vaters arbeitete. Sie vermisste ihn. Allerdings: kannte sie ihn noch? Seit einem halben Jahr hatte sie ihn kaum gesehen und nur ganz selten mit ihm gesprochen. Ob er noch der Gleiche war? Nein. Der Fabian, den sie kannte, arbeitete zwar viel, aber er hatte am Wochenende Zeit für sie oder für Freunde…

„Joa, dat is schlimm! Kuck disch dat mal nich an…“ Der Wirt nahm Andrea die Zeitung ab. Erstaunt sah Andrea ihm nach, als er zur Theke zurück stapfte.

Nick kicherte: „Ja, ist besser, wenn du die bösen Sachen nicht liest. Bist ja noch so jung…“

Sie sah ihn bemüht vernichtend an, musste aber lachen. Er spürte, wie gut es ihm tat, dass er sich mit ihr vertragen hatte. Wie sehr ihm ihr Lachen gefehlt hatte, merkte er jetzt erst.

„Das war ein seltsames Wochenende“, meinte Nick.

„Welches?“

„Als dieser Tsunami auf Sri Lanka war.“

„Warum?“

„Na ja, bis Samstagabend war es eigentlich ganz schön: Frühstück bei meinem Bruder, spielen mit den Kindern, mittags war ich bei Jo. Der musste ausgerechnet bei Minusgraden die Schlepper waschen und den Hundezwinger reinigen. Aber Eva hat ausnahmsweise abends gekocht, sehr, sehr lecker. Wir haben noch lange im Wohnzimmer gesessen und geredet. Joschi hat mal bei Eva, mal bei

Jo und mal auf meinem Arm geschlafen. Wir waren lange wach und haben geredet. Und als ich endlich im Bett lag, kam dein Anruf. Und im Auto habe ich dann von dem Tsunami gehört."

Andrea zuckte mit den Schultern: „Ich war den ganzen Samstag sauer auf Fabian. In der Nacht konnte ich vor Wut und weil ich wegen der langen Fahrt so aufgeregt war, nicht schlafen. Und dann habe ich die ganze Autofahrt lang von dem Tsunami gehört. Und als ich fast da war, ist Frau Liedner mir vors Auto gesprungen: ich solle ihren Mann wiederbeleben."

Der Polizist nickte: „Ich hab Montag nach der Beerdigung mit Frau Liedner gesprochen: sie hat sich mit dem Geld ihren Traum erfüllt: eine Karibikkreuzfahrt."

Andrea seufzte: „Das würde ich auch gerne machen! Gerade jetzt! Es ist so kalt und dunkel. Meinst du, sie schenkt mir was vom restlichen Geld?"

Nick grinste amüsiert: „Bestimmt! Frag sie einfach mal. Aber ich hab gehört, sie hat nichts mehr."

„Wie…?"

„Sie soll ihren Kindern viel gegeben und den Rest für ihre Rente angelegt haben."

Andrea schwieg.

„Was ist los? Das sind doch gute Überlegungen…"

„Mmh, schon. Ich hab nur gehört, ihr Mann hätte immer so viel gespendet..."

„Ja, stimmt."

Andrea schwieg.

„Andrea?"

Sie schwieg.

„Sie hat ihn umgebracht."

Nick ließ seine Gabel sinken. Vorwurfsvoll sah er sie an.

Andrea lachte: „Ehrlich: sie hat ihn umgebracht. Da war von Anfang an was, was mich gestört hat. Jetzt weiß ich, was. Ich fahr zu ihr. Kommst du mit?"

„NEIN!" versetzte Nick mit Nachdruck.

Andrea zuckte unbeeindruckt die Schultern: „Gut, dann fahr ich alleine. Wir sehen uns dann später auf der Wache, ja? Bezahlst du?" Sie ließ ihn nicht zu Wort kommen. An der Theke rief sie dem Wirt zu: „Hey, Chef, Nick bezahlt, okay?"

Der Wirt brummte eine Zustimmung.

„Du hast mich eingeladen!" rief Nick ihr nach.

Sie winkte nur und verschwand durch die Tür. Fluchend steckte Nick noch ein Stück von seinem Schnitzel in den Mund und folgte ihr.

„Do muss noch bezahle!" erklärte der Wirt ihm. Er stellte sich Nick in den Weg. Er war etwa einen halben Kopf größer als Nick und etwas breiter.

„Schreib et an. Isch muss kucken, dat dem niks passiert!" Nick versuchte, um den Wirt herum zu kommen.

„Nee! Kann isch nich! Musst bezahle!“

„Wat!?“ regte Nick sich auf.

„De Steuermann kommt jleich! Du muss heut bezahle!“

Aufgebracht fluchend gab Nick ihm zwei Scheine.

„Ich kriech noch wat!“

„Wat? So teuer war dat Esse nich…“

„Abba dat Bier von Samstach. Du has bezahlt, isch weiß. Abba de klein Armin hat jesacht, dat du für dem bezahls.“

Überrascht sah Nick den Wirt an. Perplex drückte er ihm einen weiteren Geldschein in die Hand. „Dem jeh isch jleich besuche: dat Jeld kriech isch von dem zurück!“ erklärte Nick aufgebracht.

Der Wirt zuckte mit den Schultern: „Hab dem jejlaubt. Is ja de Pastor…“

Nick ließ den Wirt stehen. Er sprintete den Weg zur Wache zurück, informierte Marion über Handy, was er tat und raste zu Frau Liedner.

„Frau Jansen! Das ist aber schön, dass Sie mich besuchen. Sie kommen genau richtig: ich wollte gerade Kaffee trinken. Kommen Sie“, begrüßte Frau Liedner Andrea freudig. Andrea folgte ihr durch den dunklen, muffigen Flur in die gemütliche Küche. Frau Liedner erzählte von der gebuchten Kreuzfahrt, vom Verkauf der Schlachterei, von ihren Kindern und vom Lottogewinn ihres Mannes.

Von ihrem Mann erzählte sie nicht. Andrea ließ sie reden. Sie überlegte, ob es ihr Leid tat, sie als Mörderin zu entlarven. Seltsamerweise nicht, stellte sie fest. Es fühlte sich richtig an. Als die flinke Frau sich zu ihr an den Tisch setzte, lächelte sie Andrea an: „Aber ich erzähle nur von mir. Bitte entschuldigen Sie. Wie geht es Ihnen? Sie sehen gut aus."

„Danke. Mir geht es gut. Ein paar Probleme hat man ja immer."

„Ja, ja, das stimmt. Das hat Ludwie auch immer gesagt..." Frau Liedner brach ab.

Andrea beobachtete, wie sie die Tasse am Muster der Tischdecke entlang schob. „Sie haben ihn umgebracht, richtig?"

Erschrocken sah Frau Liedner auf.

Andrea lächelte aufmunternd.

„Wat... Wie... Wie kommen Sie darauf!?"

Andrea schwieg, lächelte aber weiter freundlich.

„Warum sollte ich das tun!? Ich... Er war mein Mann! Er war ein guter Mann... Ich..."

„Er wollte den Lottogewinn spenden. Den gesamten Gewinn, an die Opfer des Tsunamis auf Sri Lanka."

Wut flammte in Frau Liedners Gesicht auf. Aber wütend auf Andrea war sie nicht.

Bemerkenswert fand Andrea, dass die Sonne in diesem Moment durch die Wolken brach und im gleichen Augenblick Nick leise in die Küche trat. Frau Liedner bemerkte ihn nicht: „Der Idiot! Nix wollte der behalten! Nichts! Sechs Millionen und alles spenden! An Menschen, die er nicht kannte, irgendwo weit weg im Meer! Und meine Kreuzfahrt? Die habe ich nach dreißig Jahren Ehe auch verdient! – Aber… das heißt ja nicht, dass ich ihn umgebracht habe!"

Andrea registrierte Nicks verwirrten Gesichtsausdruck amüsiert. Sie war zufrieden mit seiner Denkleistung, denn wenn es ihn wunderte, dass Herr Liedner vom Lottogewinn gewusst hatte, hatte er den Fehler in Frau Liedners Geschichte entdeckt.

Frau Liedner sah Andreas Blick und entdeckte den Polizisten: „Herr Wilms! Sie verleumdet mich… Ich…"

Nick setzte sich zu den beiden Frauen: „Frau Liedner, Ihr Mann wusste von seinem Lottogewinn?"

„Ja, der hat… Äh… also… ich…"

„Ihr Mann war bei der Ziehung der Lottozahlen noch am Leben?" fragte Nick deutlicher.

„Ja, nein! Also…"

„Frau Liedner: der Todeszeitpunkt Ihres Mannes ist zwischen sechzehn und neunzehn Uhr datiert worden. Wie kann er da noch die Lottozahlen mitbekommen haben?"

Frau Liedner wand sich sichtlich.

„Ich erzähl Ihnen, wie es war", bot Andrea an. Da niemand widersprach, erzählte Andrea: „Ihr Mann hat in den Nachrichten die Katastrophe auf Sri Lanka gesehen und gesagt, er spendet seinen gesamten Lottogewinn. Weil Sie das nicht wollten, haben Sie ihm etwas von Ihrem Insulin gespritzt. Das ist für Nicht-Diabetiker tödlich. Wahrscheinlich wollten Sie ihn nicht töten, aber Sie waren sauer, dass er Ihnen schon wieder keine Kreuzfahrt schenken wollte. Dann haben Sie überlegt, wie Sie den Mord vertuschen. Sie haben Ihren toten Mann einige Zeit im warmen Zimmer sitzen lassen, damit die natürlichen Prozesse nach einem Tod schnell einsetzen. Sie wissen ja, wie schnell das geht: Sie haben eine Schlachterei. Und dann, als er lange genug im Warmen gewesen war, haben Sie ihn raus geschafft, vor die Kühlhalle. Dadurch würde jeder darauf schließen, dass er im Kühlhaus gestorben ist. Aber bei kühlen Temperaturen dauert die Zersetzung länger. Also läge der Todeszeitpunkt vor den Lottozahlen und niemand käme auf die Idee, dass Sie ihn wegen des Geldes umgebracht haben. Jeder würde einen natürlichen Tod vermuten." Weil beide schwiegen, fuhr Andrea fort: „Zwei Sachen haben Sie verraten: Sie haben zu mir gesagt: ‚er HAT sich so gefreut', als ich Sie besucht habe. Ich habe lange überlegt, ob Sie sich versprochen haben. Aber so verspricht man sich nicht: man verwechselt Vergangenheit und Gegenwart, aber nicht ‚hätte' und ‚hat'. Dann habe ich Fußspuren im Schnee gesehen: Sie haben an der Straße gewartet, dass ein Auto kommt. Sie wollten ja vortäuschen, dass Sie Ihren toten Mann gerade erst entdeckt hätten. Weil es kalt war, sind Sie immer hin und her gelaufen. – Na ja, der Plan war gut! Sehr gut! Aber Leuters hatten mir gesagt, wie froh sie waren, dass sie nun das Geld für sich ausgeben konnten, und dass Sie gar nichts in Gedenken an Ihren Mann gespendet haben, hat mich verwundert. Sie haben ein schlechtes Gewissen und wollten den Tsunami und damit den ‚Grund' für den Tod ihres Mannes verdrängen, oder?"

Langsam nickte die Witwe. Jetzt tat sie Andrea Leid. Aber es tat ihr nicht Leid, dass sie den Mord aufgedeckt hatte.

„Wenn ich heute gewinne, spende ich alles!' hat er gesagt. Und ich kannte Ludwie: der hätte das gemacht. Und dann war auch die letzte von seinen Zahlen richtig und er hat gejubelt: ‚ich kann sechs Millionen spenden! Sechs Millionen, Heide!' Er hat mich gepackt und wollte mit mir tanzen. Da konnte ich nicht mehr. Ich hatte die Spritze in der Hand... Ich wollte es doch gar nicht... Ich... Ich wollte es nicht... – Ich konnte nichts spenden. Ich wäre mir wie eine Heuchlerin vorgekommen. Ich wollte... Ich wollte... Ich wollte die ganzen armen Menschen in Sri Lanka, die Schuld am Tod meines Mannes sind, vergessen... – Ich... ich hab auch erst nicht gedacht, dass er tot ist. Es war doch nur so viel Insulin, wie ich mir selbst spritze... Ich hab gedacht... ich hab gedacht, er schläft nur... so wie ich, wenn ich... mir ein bisschen zu viel spritze..."

Langsam stand Nick auf: „Kommen Sie, Frau Liedner, wir fahren zur Wache."

Mit feuchten Augen sah sie zu ihm auf. Sie nickte. „Ich muss nur eben..." Sie machte Anstalten, den Tisch abzuräumen.

„Ich räum hier auf", bot Andrea an.

„Mmh... Ja, danke! Ich hol schnell..."

Nick folgte ihr. Andrea hörte die Frau im oberen Stock des Hauses herumlaufen, während sie die Küche aufräumte. Die Sonne schien auf den weißen Schnee und tauchte den Raum in gleißendes Licht. Langsam vertrieb sie die dunklen Wolken und machte einem strahlend blauen Himmel Platz. Andrea freute sich auf den Feierabend. Sie würde durch den frischen Schnee spazieren gehen.

Nick und Frau Liedner kamen die Treppe wieder herunter. Sie waren an der Küchentür schon vorbei, als Andrea Frau Liedner hörte: „Nein, ich muss noch zu Frau Jansen."

Gleich darauf stand sie in der Küche: „Frau Jansen, Sie sind wirklich ein lieber Mensch! Och... Sie haben aber schön aufgeräumt... Danke, Frau Jansen! Ich... Es ist sicher besser so. Mein Ludwie hat das nicht verdient! Und... Es ist sicher besser so!" Sie drückte Andrea sehr herzlich die Hand, nickte bestätigend, dann drehte sie sich wieder um und ging. Überrascht sah Andrea ihr nach. War das wirklich passiert?

Nick fasste sie an der Schulter: „Alles in Ordnung?"

Sie erwachte aus ihrem Erstaunen. „Mmh? Ja, denk schon…"

„Willst du bei mir mitfahren?"

„Nein, nein, geht schon. Hab nur nicht gedacht, dass sie sich bedankt für…"

Als sie schwieg, lächelte Nick: „So ein Gewissen kann ganz schön schwer werden. Viele sind froh, wenn es erleichtert wird. Ich muss los. Kommst du klar?"

„Ja, klar."

„Gut. Dann fahr ich jetzt." Es fiel ihm schwer, sie zurück zu lassen. Sie hatten sich gerade erst wieder vertragen. Aber ihm blieb keine andere Wahl.

Andrea lächelte: „Ich komm wirklich klar. Guck mich nicht so an. Guck lieber nach Frau Liedner, sonst fährt die alleine – zum Flughafen."

Nick lachte: „Hoffentlich! Dann muss ich in die Karibik fliegen, um sie zu suchen."

„Aber nicht ohne mich!" warnte sie.

„Natürlich nicht!" versicherte Nick. Erstaunt stellte er fest, wie ernst er das meinte. „Ich komm in den nächsten Tagen mal vorbei." Er schenkte ihr ein warmes Lächeln und ging.

Epilog

Nick kam sie nicht besuchen. Aber Andrea kam nicht dazu, darüber nachzudenken. Lieschen kam am Tag nach Frau Liedners Verhaftung aufgelöst, verwirrt und völlig desorientiert zu ihr. Zwei Stunden ließ sie sich von Andrea ,aufbauen': sie erzählte und erzählte und erzählte, während Andrea nur zuhörte. Besonders viel Spaß hatte Andrea daran, dass Lieschen ihre Teeauswahl lobte. Beim letzten Mal anregend, sensibilisierend, nun beruhigend und schützend. Andrea hatte nur die eine Teemischung, die ihre Tante ihr geschenkt hatte.

Einen Tag später kam Armin sie besuchen. Er gab an, ,nach ihr sehen' zu wollen, da sie Mitglied der Gemeinde sei. Auch bei ihm musste sie hauptsächlich zuhören. Ein paar Fragen stellte er, auf die er eine Antwort haben wollte. Jedoch gönnte er ihr immer nur ein bis zwei Sätze, bevor er ihre Ansicht in vollem Umfang bestätigte. Samira lag während seines Besuchs genüsslich schnurrend unter der Heizung in der Küche. Manchmal hörte Andrea die Katze in ihrem Kopf. Schnurrend betitelte sie Armin als ,Schnecke', wenn er Andrea unbeholfen schmeichelte, ,Weihrauch-Mäuschen', wenn er von seiner Kirchengemeinde schwärmte, oder ‚Back-ofenkater', wenn er von seinen Qualitäten als Ehe-mann sprach. Andrea musste jedes Mal ein Lachen unterdrücken, wenn sie die Katze hörte. Als Armin erklärte, wie er sich die Ehe vorstellte, gähnte Sa-mira ausgiebig. ‚Fertigfutterverschenker', erschien in Andreas Kopf. Sie verschluckte sich fast an dem Schluck Kaffee.

„Ja, das meine ich ehrlich", eiferte sich Armin. „Meine Frau werde ich auf Händen tragen. Sie wird der wichtigste Mensch in meinem Leben sein. Und schließlich werde ich das auch für sie sein. Ge-meinsam werden wir durch das Leben gehen und gemeinsam werden wir dafür sorgen, dass wir uns gegenseitig ein schönes Leben machen."

Als Armin sich umständlich verabschiedet hatte, fragte Andrea Samira nach ihren Bezeich-nungen. Die Katze antwortete ihr glücklicherweise. ‚Schnecke' für ‚Schleimer' verstand sie noch, ‚Weihrauch-Mäuschen' war auch deutlich, aber ‚Backofenkater'?

Samira grinste: „Jemand, der im warmen Nest liegt und von Heldentaten nur erzählt."

„Und ‚Fertigfutterverschenker'?"

„Jemand, der fremde Mäuse als seine ausgibt. Der kleine Pastor wird seiner Auserwählten – also dir – immer Blumen oder so was schenken. Aber seine – wie nennt ihr das? – Vorzimmerdame hat sie ausgesucht."

Andrea grinste: „Den Eindruck hatte ich auch. Und? Sollen wir ihn nehmen?"

„Nee, Kirchenmäuse sind immer so ausgehungert und schmecken nach Weihrauch."

Andrea lachte und schnappte sich die Katze. Überrascht wollte die sich wehren, doch dann knetete sie vergnügt Andreas Arm, während Andrea sie

streichelte. „Ich muss noch überlegen, was ich wegen Fabian mache."

„Brruh!" machte Samira.

Andrea lächelte: „Komm, ich mach uns was zu essen und dann denken wir darüber nach."

„Brrrau", erklärte die Katze und schmiegte ihren Kopf an Andreas Hals.

Freitag wartete Jennifer Treilert vor Andreas Haustüre. Überrascht bat Andrea sie herein.

„Frau Jansen, ich wollte mal Klartext mit Ihnen reden", erklärte sie bestimmt.

Andrea ließ auch Samira herein, die sich neben ihre Füße setzte. Sie beobachtete die Kommissarin mit zuckender Schwanzspitze, gab aber keinen Ton von sich.

Andreas aufmunterndem Blick folgend, erklärte Treilert: „Das war gute Arbeit mit Frau Liedner. Ich hatte erst gedacht, Ihr Kopf hätte nur den Zweck, dass es nicht in Ihren Hals regnet und die Kosmetikindustrie kostenlose Werbefläche bekommt. Es hat mich schon gewundert, Sie nahezu ungeschminkt in Ihrer Freizeit an diesem Rodelberg zu sehen. Und dann auch noch so hemmungslos. In diesem Café, hatte ich angenommen, Sie wären nur bei der Arbeit so unauffällig geschminkt, weil Ihr Chef es so verlangt. Gut, ich habe mich geirrt und dafür möchte ich mich ausdrücklich entschuldigen. Sie haben einen sehr klugen Kopf und einen sehr hübschen dazu, das gebe ich gerne neidlos zu."

Sprachlos starrte Andrea die Frau an. Sie trug diesmal eine nicht ganz so strenge Frisur, wirkte aber immer noch unnahbar. Sie fuhr einfach fort: „Weiterhin möchte ich von Ihnen wissen, was zwischen Ihnen und Nick Wilms läuft?"

Es dauerte einen Moment, bis Andrea sich auf eine Antwort konzentrieren konnte. „Woher wissen Sie von Frau Liedner? Also... dass ich sie..." Andrea brach ab.

„Das steht so in Nicks Bericht."

„Aber... Warum? Er hätte doch..."

„...anderer Leute Lorbeeren einheimsen können? Das tut er nicht. Ich dachte, Sie kennen ihn?"

Andrea seufzte: „Mmh, ich hatte nur gehofft, er... er würde mich auch kennen."

„Sie wollen, dass er die Lösung des Falls als seinen Erfolg ausgibt?"

„Warum nicht? Was habe ich mit Polizeiarbeit zu tun?"

„Offensichtlich ziemlich viel. Auf jeden Fall mehr, als ich dachte. Gut, nicht mein Problem. Das muss Nick mit seinem Gewissen und unter Umständen mit der Dienstaufsicht klären. Was ich von Ihnen wissen möchte: schlafen Sie mit ihm?"

Andrea schüttelte etwas überfordert den Kopf: „Nein. Wir sind nur Freunde."

„Gut. Dann belästige ich Sie jetzt nicht weiter. Schönen Tag, Frau Jansen."

„Warten Sie. Ist der andere Mord auch aufgeklärt?"

Frau Treilert wirkte überrascht, antwortete aber: „Ja. Nick hatte da die rettende Idee."

„Und… Darf ich fragen…"

„Ja. Aber behalten Sie es bitte vorerst für sich: Frau Gutzhenry hat gelogen: der Tote war ihr Mann. Sie hat ihn zusammen mit seinem Zwillingsbruder umgebracht. Gemeinsam haben sie ihn in den Kofferraum des Firmenwagens gelegt und den Wagen hier auf den Parkplatz gestellt, auf dem Sie ihn gefunden haben. Er sollte gestohlen und über die Grenze gefahren werden. Ein Blutstropfen im Auto hat eindeutig bewiesen, dass Thomas Gutzhenry den Wagen gefahren hat: er hat Antikörper gegen Malaria im Blut, an der sein Bruder nie erkrankt war. Die Waffe ist unterwegs in irgendeinem Graben gelandet. Die werden wir wohl nicht wiederfinden."

„Und warum das Ganze?"

„Liebe. Frau Gutzhenry wollte damals eigentlich den anderen Bruder, also Thomas Gutzhenry, heiraten, aber der hat kalte Füße bekommen und ist auf Weltreise gegangen. Weil sie sich auch mit Sebastian Gutzhenry gut verstand und er in sie verliebt war, hat sie ihn geheiratet. Als Thomas vor drei Monaten wiederkam, haben sie da weitergemacht, wo sie vor seiner Weltreise aufgehört hatten. Das war Sebastian natürlich nicht Recht und deshalb ist er aus dem Weg geräumt worden. Es war geplant, dass Thomas Sebastians Platz einnimmt. Niemand hätte es gemerkt, weil seine Familie weit weg, in Ostbayern wohnt und die Freunde der Gutzhenrys in Dortmund nicht wussten, dass Sebastian einen Zwillingsbruder hat."

„Ein fast perfekter Mord", überlegte Andrea.

„Ja, fast. Es hat nur niemand mit Nick gerechnet."

„Wie hat er es rausgefunden?" fragte Andrea neugierig. Sie war gespannt, was Nick der Kommissarin erzählt hatte.

„Ich muss zugeben, es war mein Versäumnis, was ihm zum Durchbruch verholfen hat: er hat den Kunden von Gutzhenrys Getränkeladen ein Foto vom Toten zeigen lassen und die haben ihn natürlich als Herrn Gutzhenry identifiziert. Und dann kamen natürlich der Blutstropfen und eine charakteristische Narbe dazu."

Andrea lächelte: „Herzlichen Glückwunsch zum aufgeklärten Mord!"

Treilert lachte erstaunlich offen: „Ich fürchte, damit hatte ich nichts zu tun! Es war mein erster Mordfall, den ich leitend untersucht habe und ich habe nicht eine Lorbeere verdient. Aber ich gebe die Glückwünsche gerne an Nick weiter. Wir gehen heute Abend essen. Auf Wiedersehen, Frau Jansen."

Es beeindruckte Andrea, wie freimütig Frau Treilert Fehler zugab. „Frau Treilert!" Andrea lief der Kommissarin nach, die die Haustüre schon geöffnet hatte. „Ich bekomme von Nick keine Informationen über polizeiliche Ermittlungen."

Amüsiert sah die Frau sie an: „Ach, nein? Und wie kommen Sie dann daran? Brechen Sie nachts in die Wache ein?"

„Nein. Aber ich bekomme die Informationen von niemandem, der hier in der Gemeinde wohnt."

Treilert zuckte mit den Schultern: „Mir soll's egal sein, solange Sie meine Ermittlungen nicht gefährden. Keine Sorge: von mir erfährt niemand etwas."

Erleichtert lächelte Andrea sie an: „Danke!"

Die Kommissarin erwiderte das Lächeln und gab sich dann sichtlich einen Ruck: „Sagen Sie, Frau Jansen, Nick… wie kann ich…"

Sie brach ab, aber Andrea erriet grinsend: „…ihn ködern? Keine Ahnung. Wirklich nicht. Allerdings sagt er, er würde nie etwas mit einer Kollegin anfangen."

Frau Treilert nickte langsam: „Danke, Frau Jansen. Auf Wiedersehen."

Nach dem Abendessen rief Andrea Anna an. Sie erzählte ihr von Treilerts Besuch.

Anna lachte: „Armer Nick. Aber den Umgang mit liebestollen Frauen ist er ja gewohnt."

„Nur nicht mit liebestollen Vorgesetzen", grinste Andrea. „Ich denke, ich werde ihn warnen."

„Warum? Ist doch so viel lustiger."

„Du bist gemein", lachte Andrea. „Er ist eigentlich nett. Hab ich dir von der Kirche erzählt?"

„KIRCHE? Hattest du ein weißes Kleid an?"

Andrea kicherte: „Nein. Dann wärst du in einem rosa Kleid dabei gewesen…"

„Von wegen!" rief Anna entsetzt dazwischen.

Als Andrea ihr von der geteilten Oblate bei Liedners Beerdigung erzählt hatte, schwieg Anna.

Andrea lachte: „Etwa so habe ich auch reagiert."

Anna sagte immer noch nichts. „Hast du mittlerweile was von Fabian gehört?" fragte sie schließlich.

„Nee, hab aber noch nicht nach den E-Mails geguckt." Sie setzte sich an ihren Computer. „Wie fandest du meine Mail?"

„Deutlich", meinte Anna. „Man merkt, dass du nur drei Semester Jura studiert hast: man versteht deine Schriftsprache beim ersten Lesen."

„Den Inhalt, meine ich."

„Gut. Es war richtig, Schluss zu machen. Aber du weißt, dass das meine Meinung ist."

„Er hat geantwortet", erzählte Andrea atemlos. Sie öffnete die Mail und las direkt vor: „„*Sehr geehrte Frau Jansen…*' Der hat seine Sekretärin antworten lassen!" Andrea starrte fassungslos auf die Mail.

„Was? Echt?"

„Mmh, hör zu: *,… hiermit bestätige ich den Eingang Ihrer E-Mail vom soundsovielten. Mit Bedauern habe ich den Inhalt an meinen Chef, Herrn Fabian*

Zerd-Wettighöver, weitergegeben und dieser wünscht, dass ich Ihnen Folgendes mitteile: er akzeptiert Ihren Vorschlag. Mit freundlichen Grüßen, i.A. und so weiter.' Der... Warte, die Sekretärin hat noch ne Mail geschrieben. Mit ihrer Privatadresse... Seltsam. Mal sehen: ,*Sehr geehrte Frau Jansen, es tut mir sehr leid, dass ich Ihnen auf Ihre Mail an Ihren Ex-Freund antworten musste. Gerne habe ich das nicht getan! Bitte glauben Sie mir das. Aber leider kann ich es mir nicht leisten, meinen Job zu riskieren. Ich wünsche Ihnen alles, alles Gute, auch wenn das in der Situation (und bei dieser unmöglichen Reaktion meines Chefs) sicher nur ein schwacher Trost ist. Es tut mir sehr leid. – Freundliche Grüße, Unterschrift.*"

Beide Frauen schwiegen.

Vorsichtig fragte Anna nach einer Weile: „Andrea?"

„Mmh?"

„Wie geht's dir?"

„Keine Ahnung. Bin sauer – glaub ich. Aber... Keine Ahnung."

Anna fluchte innerlich, dass sie nicht zu ihrer besten Freundin fahren konnte. Aber sie war einfach zu weit weg. „Soll ich ihn orten und mit dem SEK verhaften lassen?"

„Und dann?"

„Lass ich ihn in irgendeinem Kellerverlies vierteilen", schlug Anna vor.

Andrea lachte: „Ich hab 'ne bessere Idee: lass ihn wissen, dass seine Mutter, seine Oma und seine Schwester wissen, dass ich Schluss gemacht habe und dann blockier alle Verbindungen zu denen: Handy, E-Mail, alles. Er muss denken, die wollten nicht mehr mit ihm sprechen."

Anna staunte beeindruckt: „Wow! Das ist gut! Das mach ich!" Beide wussten, wie wichtig für Fabian diese drei Frauen waren und wie gerne sie Andrea hatten. „Wenn der Geheimdienst neue Foltermethoden sucht, kann ich denen dann deine Nummer geben?"

Andrea lachte: „Nein. Mach einen geheimen Treffpunkt aus, wo ich dann mit Trenchcoat, Sonnenbrille und so hingehe. Du kommst als mein Bodyguard mit und Nick legen wir als Scharfschützen auf irgendein Dach. Der hat noch eine Patrone für ein Scharfschützengewehr, ‚G22' oder so."

„Hui! Schöne Waffe. Damit kann er umgehen?"

„Keine Ahnung. Funktionieren die nicht alle gleich: laden, zielen, abdrücken?"

Anna seufzte und brachte Andrea damit zum Lachen. „So einfach ist das nicht..."

„Ich weiß, ich weiß!" kicherte Andrea. „War ja nur Spaß", beugte sie einer langen Belehrung vor.

Anna ließ sich beruhigen: „Du guckst zu viele Agentenfilme", grinste sie.

Andrea seufzte: „Kannst du das mit dem Telefon machen? Wenigstens einen Tag?"

„Nein, Süße. Glaub mir: ich würde gerne! Aber..."

„Ich weiß: du redest immer nur davon."

„Ja, genau. Ich..."

Andrea unterbrach sie: „Sonst würde ich dich auch nicht darum bitten. Ich fände es nicht gut, wenn du das wirklich machst."

„Wie geht es Nick eigentlich? Der hat ja ziemlich große Probleme", frage Anna.

„Wieso? Was für Probleme? Hab seit Frau Liedners Verhaftung nichts von ihm gehört. Eigentlich wollte er vorbeikommen."

„Ach so."

„Was ist mit ihm?" hakte Andrea nach, als ihre Freundin schwieg.

„Sie werfen ihm ‚Kompetenzüberschreitung' vor vor."

„Wer?" Andrea hasste es, wenn sie Anna nach allen Detail einzeln fragen musste.

„Die Dienstaufsicht."

„Anna!!! Erzähl, verdammt noch mal!"

„Er hat scheinbar Anordnungen gegeben, die ihm nicht zustanden. Er hätte eine richterliche Genehmigung gebraucht, die er aber nicht hatte. Jetzt haben einige Privatpersonen Anzeige erstattet."

„Wie schlimm ist es?"

„Weiß ich nicht. Du weißt, dass ich mir Akten der Dienstaufsicht nicht einfach so angucken kann. Ich weiß nur die gröbsten Details..."

„Könntest du sie dir angucken?"

„Andrea! Ich... Na gut, ich sag mal: wenn er der Vater deiner Kinder wäre und du ihn liebst, würd ich nachgucken."

Andrea lachte auf: „Ich wollte eigentlich nur wissen, ob du es kannst. Aber danke, dass du das tun würdest."

Anna grinste: „Ich hab's noch nie versucht. Ich weiß also nicht, ob ich da rein komme. Aber eigentlich müsste es schwieriger sein, eine Erklärung dafür zu finden, wenn man erwischt wird."

„Ich hoffe, das gilt nur für dich, weil es dein Job ist, und nicht für jeden Spinner auf diesem Planeten."

Anna lachte: „Das denke ich doch. Sonst hättest du schon längst von Hackerangriffen aufs BKA gehört. Aber die meisten kommen nicht mal durch die erste Firewall."

„Weißt du, was Nick gemacht hat?" wollte Anna wissen. Andrea erzählte ihr von den verwüsteten Feldern und der Anordnung, alle Quadbesitzer festzunehmen, die nicht kooperierten.

„Sch..." murmelte Anna.

„Warum? ‚Gefahr im Verzug'."

„Es ging nicht direkt um Menschenleben, also nicht ‚Gefahr im Verzug'. Da kann er richtig Probleme bekommen."

„Wovon hängt das ab?"

„Na ja, vom Staatsanwalt und von seiner Akte."

„Und wie sieht die aus?"

„Andrea! Ich hab dir schon mehr gesagt, als ich durfte! Stell dir mal vor, Nick… Nick würde dir nicht eine Hälfte seiner Oblate geben. Meinst du, der wäre einverstanden, dass ich dir von seinen Problemen erzähle?"

„Was hat die Oblate denn damit zu tun?"

„Wenn du das nicht weißt, sag ich dir das auch nicht."

Irritiert wechselte Andrea das Thema: „Ich denke, ich ruf Onkel Bruno mal an. Hab lange nichts von ihm gehört."

„Du meinst, weil der wahrscheinlich irgendeinen Richter kennt, der irgendeinen Richter kennt, der da bei euch zuständig für Kompetenzüberschreitung ist? Fragt sich nur, wer wem einen Gefallen schuldet."

„Mmh. Muss mir noch überlegen, wie ich ihm erkläre, dass ich das alles weiß."

Anna lachte: „Das wird er gar nicht wissen wollen. Ruf ihn an. Er wird sich freuen! Ich muss jetzt Schluss machen: Sophie hat Hunger und muss baden."

„Dann viel Spaß euch beiden", grinste Andrea. Sie wusste, wie gut Sophie das Badezimmer unter Wasser setzten konnte. Die Dreijährige war hellauf begeistert, wenn das Wasser in alle Richtungen spritzte, weil sie sich hinein fallen ließ.

Anna seufzte: „Mmh, danke. Grüß Nick und gratulier ihm zum Ermittlungserfolg. Und grüß Onkel Bruno."

„Klar! Der muss dich schließlich aus dem Gefängnis holen, wenn du Zivilisten Informationen
aus laufenden Ermittlungen gibst…"

„Mmh, und wenn ich Zivilisten umbringe auch",
knurrte Anna. Andrea lachte nur und verabschiedete sich.

Samstagabend klopfte Nick an Jos Küchentüre.
Er wusste nicht, ob Jo noch sauer war, aber es war
ihm egal. Er wollte bei Freunden sein. Und am
liebsten wollte er die ganze Woche vergessen. Gut,
zwei Morde waren mit seiner Mithilfe aufgeklärt
worden, aber der Rest der Woche konnte gestri-
chen werden.

Jo öffnete die Tür: „Nick. Warum klopfst du? Ist
doch auf."

Nick zuckte nur mit den Schultern. Er folgte Jo
in die Küche.

„Dachtest, ich wäre noch sauer?"

„Mmh."

„Quatsch! Bin froh, wenn du nicht sauer bist!"
Nick winkte ab. Es wirkte müde.

„Was ist los? Bier?"

Er nickte zum Bier und ignorierte die erste
Frage.

„Nick! Was ist los? Hast du die kleine Kommissarin… und jetzt…"

„Nein!" wehrte Nick entschieden ab.

Jo war froh, überhaupt eine Reaktion erhalten
zu haben. „Und was ist dann?"

„Nicht so wichtig", brummte Nick. Er ließ sich auf einen Stuhl fallen.

„Nee, komm, wir gehen ins Wohnzimmer. Maria ist nicht da."

Nick grinste leicht: Eva verbot ihnen immer, im Wohnzimmer Bier zu trinken. Sie hatte die Befürchtung, sie würden eine Flasche umstoßen, weil sie es nicht bei kleinen Mengen Bier beließen. Zufrieden ließ er sich in einen Sessel fallen.

Jo legte sich lang auf das Sofa: „Jetzt erzähl."

Jo wartete lange, bis Nick brummte: „Anstrengende Woche."

„Und weiter?" fragte Jo, als Nick wieder schwieg. „Nix."

„Verdammt! Mach dein Maul auf!"

„Es war einfach anstrengend, okay..."

„Nein!"

„Hab Ärger mit der Dienstaufsicht", murmelte Nick schließlich.

„Warum?"

„Nicht so wichtig", erklärte Nick kaum hörbar, bevor er die Flasche leerte.

„Herrgott!!! Du fliegst gleich wieder raus!" grollte Jo.

„Noch `n Bier?" brummte Nick.

„Hast du das schon leer!?" staunte Jo. Er kannte Nick seit frühester Kindheit. Sie hatten zusammen schon viel gesoffen und in ihrer Jugend auch viel in sehr kurzer Zeit. Aber seit sie Schule und Lehre abgeschlossen hatten, war es nur noch selten vorgekommen, dass das Bier so schnell im Hals verschwand. Vor allem in Nicks Hals! Jo konnte sich an überhaupt keinen Anlass erinnern, bei dem Nick so schnell getrunken hatte. Meistens trank nur Jo so schnell, wenn er Streit mit seiner Frau hatte.

Nick stellte ihm eine neue Flasche Bier auf den Tisch und öffnete seine. „Wo ist Eva?" wollte er wissen, als er sich wieder in den Sessel fallen ließ.

„Schwiegermutter."

„Mit dem Kleinen?"

„Mmh."

„Bleibt sie lange?"

„Mmh, Steffi hat Geburtstag." Steffi war Evas Schwester.

„Warum bist du nicht mit?"

„Keinen Bock. Steffi hat wieder mal einen Neuen. Willst du dich nicht mal mit ihr treffen? Dann müsste ich mich Weihnachten und Ostern und so nicht mit solchen Hornochsen abgeben."

Nick schüttelte grinsend den Kopf. Er kannte Evas kleine Schwester: überdreht, egozentrisch und launisch. Genauso waren ihre Männerbekanntschaften.

„Wärst mein Lieblingsschwager!" brummte Jo. „Und Marias Eltern mögen dich auch."

Nick musste lachen. Jo war froh darüber.

Für Nick fünf, für Jo drei Bier später, fragte Jo noch mal nach der Dienstaufsicht.

„Ach, ist doch egal!" murrte Nick. „Ist vorbei."

„Was?“

„Die Untersuchung.“

„Welche Untersuchung?“

„Die Untersuchung der Dienstaufsicht. Lass gut sein, Jo.“

Jo dachte nicht daran: „Was haben die untersucht?“

„Was die so untersuchen: unpassendes Polizeiverhalten.“

„Deins?“

Nick fluchte innerlich. Er konnte ihn nicht belügen. „Ja.“

Sein Freund setzte sich auf: „Warum?“

„Jo! Die Untersuchung ist abgeschlossen. Lass mich in Ruhe.“

Jo musterte ihn einen Moment, dann holte er eine Flasche Korn und zwei Gläser aus dem Schrank.

„Du meinst, wenn du Korn holst, sag ich dir das?“

Jo grinste: „Natürlich nicht! Ich will nur feiern. Komm: auf die abgeschlossene Untersuchung.“

Nick kannte seinen Freund zu gut: „Warum willst du das wissen? Es ist vorbei!“

„Mmh“, Jo stieß mit Nick an und kippte den Schnaps runter. „Aber du wärst nicht hier, wenn es dir egal wär. Nicht, bevor ich mich bei dir gemeldet hätte nach meinem Auftritt in der Wache. Ich war übrigens drei Mal bei dir, Zuhause und im Büro: du warst nicht da.“

„Hatte ein paar Probleme", murmelte Nick. Der Korn brannte auf der Zunge.

„Erzähl schon."

„Las mich in Ruhe!"

Jo gab nach. Aber Ruhe ließ es ihm nicht.

„Hast du Dich mit Andrea vertragen?"

„Mmh, hat mir mit den Morden geholfen."

„Hab gehört: Liedner ist ermordet worden. Wie hat sie das rausgefunden?"

Nick erzählte Jo von beiden aufgedeckten Morden.

„Unglaublich", murmelte Jo.

„Mmh, ist sie. Treilert hat erzählt, dass sie ganz erstaunt war, weil ich im Bericht geschrieben hab, dass sie den Fall gelöst hat."

„Deine Kommissarin?" Jo hatte mit dem ‚unglaublich' zwar nicht Andrea gemeint, dass Nick es so verstand, fand er aber sehr interessant.

„Nicht ‚meine'! Ich..."

„Du hast also nichts mit ihr?"

„NEIN! Natürlich nicht!"

Jo grinste: „Natürlich' wäre, wenn du..."

„Jo! Sie ist mein Boss!"

„Ja und? Sie ist 'ne Frau. Und 'ne hübsche dazu..."

„Und weil ich ja mit allen hübschen Frauen..."

„So hab ich das nicht gemeint!"

„Ach, leck mich doch!"

Jo grinste: „Nicht in diesem Leben, mein Schatz. – Außerdem lässt du nie deine Finger von hübschen Frauen."

„Wenn sie mir keine Wahl lassen..."

Jo lachte auf: „Ja, klar! Und wenn du die Wahl hättest, würdest du wie ein Mönch leben."

Nick musste grinsen: „Das nun grade nicht..."

„Sag ich doch. Komm, mach den Korn leer, ich hol die andere Flasche."

„Eva bringt mich um", stöhnte Jo, als er sich drei Stunden später die leeren Bierflaschen auf dem Tisch ansah.

Nick grinste: „Wenn du den Alkohol nicht verträgst..."

„Wer sagt, dass ich den nicht vertrage?"

„Du hast ‚Eva' statt ‚Maria' gesagt."

Jo machte ein erstauntes Gesicht und stöhnte dann: „Scheiße! Schluss für heute! Ich muss morgen melken. Ich hab's ihr versprochen, weil sie feiern wollte."

„Ich helf dir."

„Du bist selber besoffen."

„Stimmt", grinste Nick zufrieden.

Amüsiert lehnte Jo sich wieder zurück: „Sagst du mir jetzt, was du angestellt hast?"

„Was meinst du?"

„Dienstaufsicht."

Nick lachte: „Vergiss es!"

„Hast du die Kommissarin zurückgewiesen und die hat sich beschwert?"

Nick lachte wieder: „Und du meinst, darum kümmert sich die Dienstaufsicht?"

„Weiß ich ja nicht. Du sagst ja nichts. Vielleicht hast du ja auch jemanden verprügelt, damit er gesteht?"

Nick musterte Jo amüsiert.

„Nein? Dann hast du… Warum hast du Andrea eigentlich eine Affäre mit Sven unterstellt?"

Nick schluckte: „Wie kommst du jetzt darauf?"

„Keine Ahnung. Warum? Gerade Andrea!"

Nick schenkte Jo und sich Korn ein. „Hatte den Eindruck", murmelte er.

„Nee, Freund! Die haben gar nicht den Eindruck gemacht! – Nick!"

Der zuckt nur mit den Schultern.

„Und warum hast du so ein Theater darum gemacht? Schimpfen okay – obwohl es dich nichts angeht! Aber nicht mehr mit ihr reden?"

Nick schluckte den Schnaps.

„Nick!" verlangte Jo nach einer Antwort.

Der schwieg.

„Nick! Das, was sie mit diesem Fabian hat, ist keine Beziehung! Wenn sie hier jemanden hätte, solltest du dich für sie freuen! Du bist ihr bester Freund hier! – Stattdessen wirfst du ihr vor, sie würde fremdgehen."

Nick starrte vor sich auf die Flasche Korn. Sie übte gerade eine erstaunliche Anziehungskraft auf ihn aus.

„Herrgott!" schnaubte Jo. „Was sollte das? Machst du das jetzt jedes Mal, wenn sie sich mit einem anderen Mann unterhält? Bist du plötzlich Fabians Freund?"

Nick schluckte noch ein Glas Korn. Jos Glas hatte er nicht gefüllt.

„Es geht gar nicht um Fabian", stellte Jo fest. „Es geht um sie."

Nick sah ihn finster an, aber Jo grinste: „Dir ist völlig egal, wen sie betrügt. Nur nicht *mit wem*!" Sehr amüsiert beobachtete er, wie sein Freund die Flasche Korn gar nicht mehr abstellte. „Du liebst sie." Jo sah zu, wie 2 cl Korn in Nick verschwanden. „Du bist bis über beide Ohren in sie verknallt und erträgst es nicht, sie mit einem anderen zu sehen." Jo lachte: „Ich hab es geahnt. Soll ich dir sagen, wann? Als du sie damals aus dem Auto gehoben hast, als sie diese Vergiftung hatte. Du hast sie so vorsichtig ins Haus getragen, als würdest du sie nach der Hochzeit über die Schwelle...."

„Halt die Schnauze", knurrte Nick ungehalten.

„Zwing mich doch", grinste Jo schadenfroh. Er nahm Nick die Flasche Korn ab.

Der trank den letzten Schluck Bier aus seiner Flasche und unterdrückte das Verlangen, ihre Stabilität an Jos Kopf zu testen. Stattdessen warf er ihm einen vernichtenden Blick zu: „Ich geh jetzt ins Bett…"

„Viel Glück", grinste Jo.

„Was soll das heißen?" murrte Nick, während er sich aus dem Sessel hievte. Er verlor das Gleichgewicht und fiel wieder hinein.

„Das meine ich", erklärte Jo zufrieden.

Nick brummte etwas, was Jo nur zu gerne nicht verstand.

„Hab ich Recht?" bohrte er nach. Er füllte beide Gläser noch mal mit Korn und stellte die Flasche dann wieder in den Schrank. Nick schwieg trotzig.

Als er wieder aufstehen wollte, schubste Jo ihn leicht in den Sessel zurück: „Ich lass dich hier nicht weg, bevor wir das geklärt haben: deine Eifersuchtsanfälle muss sie nicht ertragen. Prost, Nick."

„Bastard", murmelte Nick dazwischen, hob aber ebenfalls das Gläschen Korn und stieß mit Jo an.

„Auf schöne, intelligente, *unglaubliche* Frauen, die uns den Verstand verdrehen", grinste Jo. Er schluckte den Korn.

Nick warf ihm wieder einen finsteren Blick zu, doch dann wurde sein Blick weicher, fast lächelte er sogar: „Sie sagt immer ,Blödmann', wenn ich sie geärgert habe. – Du hast mit dem *unglaublich* eben gar nicht sie gemeint!?

„Nee!" Jo grinste so breit, dass Nick ihn am liebsten schlagen wollte. Doch er seufzte nur leise.

Dann zuckte er grinsend mit den Schultern: „Du hast eben keine Ahnung!"

Jo lächelte, man sah es nur, wenn man ihn gut kannte: „Liebst du sie?"

Langsam begann Nick zu nicken und hob seinen Blick zu Jo: „Ja."

Jo grinste froh, aber Nick dämpfte seine Freude: „Aber sie geht zurück nach Frankfurt."

„Ach, vielleicht..."

„Hör auf, Jo! Sie sagt auch dauernd vielleicht: ‚vielleicht meldet Fabian sich ja', ‚vielleicht kommt Fabian dann und dann', vielleicht, vielleicht. Ihr seid Träumer! Alle beide! Und ich geh jetzt ins Bett!"

„Soll ich mitkommen?"

„Nee, Schätzchen: du hast nicht mal annähernd Ähnlichkeit mit ihr..."

Jo lachte: „Die Treppe hoch, meinte ich. Du bist sternhagelvoll."

„Und du nicht, oder wie?" Nick stand etwas schwankend vor dem Sessel und entschied sich: „Wenn du lauten Krach hörst, komm mal nach mir gucken. Aufräumen kann ich nicht mehr, sorry..."

„Das mach ich, kein Problem. Schlaf gut."

Als Nick am nächsten Morgen in die Küche kam, saßen Jo und Andrea schon am gedeckten Tisch und Eva wirbelte drum herum. Warum Eva noch nicht saß, konnte Nick nicht erkennen. „Morgen", murmelte er.

„Was hast du denn für eine Stimme? Bist du erkältet?" wunderte sich Andrea. „Morgen."

Jo grinste breit: „Nick hat gestern die Flasche Korn mit Wasser verwechselt. Aber er konnte ja nicht ahnen, dass da wirklich Korn drin ist: es stand nur drei Mal drauf."

Nick grinste: „Vier Mal. Auf dem Deckel steht das auch."

„Korn habt ihr auch getrunken? Die Flasche steht doch noch im Schrank?" wunderte sich Eva.

„Mmh, ist `ne neue..." brummte Jo.

„Ihr habt `ne ganze Flasche Korn gesoffen?! Selbst Schuld!! Trink das", sagte sie. Sie gab Nick eine Tasse Kaffee, Andrea erklärte sie: „Als ich gestern nach Hause gekommen bin, war Jo noch am Aufräumen. Der war voll wie tausend Russen."

„Wenn tausend mal reichen..." brummte Nick. „Warst du im Stall?"

„Ja, klar", grinste Jo.

Erschlagen ließ Nick sich auf seinen Stammplatz fallen. Er saß zwischen Jo und Andrea, Eva gegenüber. Nach dem ersten Schluck Kaffee, stöhnte er: „Gott! Eva, wie hast du das Pulver flüssig gekriegt?" Er trank noch einen großen Schluck.

„Hab jahrelange Übung mit meinem Mann. Muss ihn ja am Wochenende fit kriegen, wenn ich nicht alleine in den Stall will. – Was habt ihr eigentlich gefeiert?" wollte Eva wissen.

Etwas ratlos sahen sich die Männer an.

„Ihr habt einfach so gesoffen?" schloss sie aus ihren Blicken.

„Mmh", brummten sie.

Eva seufzte: „Na ja, wenigstens habt ihr hier wieder schön aufgeräumt."

Nick sah erstaunt zu Jo. Der zwinkerte ihm verschwörerisch zu und wandte sich an Andrea um abzulenken: „Und was hast du gestern gemacht?"

„Nichts! Ich musste mich von meinen Verehrern und anderen seltsamen Gestalten der Gemeinde erholen." Weil die anderen sie erstaunt ansahen, kicherte sie: „Ich hatte eine ereignisreiche Woche: einen Tag nach Frau Liedners Verhaftung ist Lieschen zu mir gekommen, die musste ich trösten. Die stand wegen der Verhaftung völlig neben sich. Hat was vom ‚Weltengleichgewicht' und ‚Seelenschreien' erzählt. Einen Tag später war Armin da, wollte ‚nach mir sehen'. Ich weiß jetzt, wie er sich seine Ehe vorstellt..."

„Ich hab's ihm verboten", knurrte Jo.

Grinsend fuhr Andrea fort: „Wieder einen Tag später kam Frau Treilert und gestern waren Leuters dann da. Heute bleibe ich auf jeden Fall bei euch! Wenn ich darf?"

„Wieso? Dann verpasst du Armin vielleicht", murmelte Jo.

„Jo Peters!" fuhr Eva ihn an. „Wenn du meine Freundin mit diesem verrückten Pastor verkuppelst, ziehst du wieder zu deiner Mutter!"

Jo sah sie erstaunt an. „Schatz, ich hab Armin verboten, Andrea zu besuchen", wiederholte er.

Eva küsste ihn: „Gut! Wenn ich rausfinde, dass das nicht stimmt, ziehst du zu deiner Mutter!"

„Was wollte Treilert von dir?" wollte Nick wissen.

Andrea konnte ein breites Grinsen nicht unterdrücken: „Na ja, sie wollte wissen, ob wir miteinander schlafen."

Nicks Mund blieb offen stehen, während Jo laut auflachte: „Was hast du gesagt?"

„'Nein', natürlich", grinste Andrea schadenfroh. „Und dann wollte sie wissen, wie sie ihn rum kriegt."

„Echt??" rief Eva.

Nick klappte den Mund wieder zu. „Was hast du gesagt?" brummte er ziemlich unverständlich.

„Dass ich das nicht weiß und dass du gesagt hast, du würdest nie was mit einer Kollegin anfangen. Es schien sie nicht sehr beeindruckt zu haben."

Nick schwieg.

„Aber Nick…" rief Eva.

„Eva, nein!" unterbrach er sie bestimmt. „Keine Kollegin!"

„Leuters waren auch wegen dir da", erzählte Andrea. Sie fand es zwar etwas gemein, ihm das jetzt auch noch zu erzählen, aber es war besser, als wenn Eva ihn zu Jennifer Treilert überreden wollte.

„Wieso?" fragte Jo.

Andrea musste selbst lachen: „Das war sehr verrückt: die wollten mich trösten, weil Nick mich mit Frau Treilert betrügen würde. Herr Leuter will noch mit dir reden, Nick, weil es nicht richtig ist, dass die Frau in einer Beziehung das Sagen hat..."

„Gerade der!" brummte Jo.

„Und wenn du mich das nächste Mal ,betrügst', soll ich Leuters Bescheid sagen. Es sah so aus, als würde er dich dann verprügeln wollen", fuhr Andrea fort.

Jo lachte auf. Schadenfroh klopfte er Nick auf die Schulter: „Sag mir Bescheid: ich schick dann den Notarzt zu dir."

Nick seufzte nur.

„Nimm's nicht so ernst", lächelte Andrea. „Du weißt doch, wie verrückt die sind. Die suchen mir jetzt einen neuen Freund."

„Hast du ein Glück", murmelte Nick leicht sarkastisch.

Sie stieß ihn leicht an: „Hey, vergiss es: ich hätte es nicht erzählen sollen. Tut mir leid."

„Kein Problem. Ich geb denen einfach den Tipp mit Armin", grinste Nick.

Bevor Andrea protestieren konnte, tat es Eva: „Wenn du das tust, erzähl ich dieser Kommissarin, dass du schwul bist!"

Nick lachte auf: „Ja, bitte! Mach das! Jo wollte gestern schon mit mir ins Bett..."

„Ich wollte dich die Treppe hoch bringen, weil du nicht mehr aufrecht gehen konntest! Bild dir mal nichts ein."

„…und ‚mein Schatz' hat er mich genannt", fuhr Nick fort.

Eva grinste: „Ihr habt mir versprochen, eure Liebe geheim zu halten, bis meine Kinder groß sind."

„Ich weiß nicht, ob ich das so lange schaffe", jammerte Nick und sah Eva mit großen Augen an.

Sie lachte auf: „Du hattest ihn doch gestern für dich. Was kann ich denn dafür, wenn du dir lieber den Verstand wegsäufst? Guck mich nicht so an: bei mir wirkt dein Hundeblick nicht."

Nick grinste: „Ich wollte heute eigentlich meine Eltern besuchen. Aber ich glaube, vor Mittag darf ich gar nicht fahren."

„Dann bleib hier", meinte Jo. „Oder hattest du was Bestimmtes vor, Schatz?"

Eva schüttelte den Kopf: „Nein. Das ist eine gute Idee. Andrea bleibst du auch? Dann machen wir was zusammen. Und Armin oder die anderen Bekloppten können dich nicht nerven."

Andrea nahm gerne an.

Nick trank den letzten Schluck Kaffee aus seiner Tasse: „Eva, machst du mir noch mal so einen Kaffee?"

„Mach doch selber. Du musst nur… ach, ja gut, ich mach schon." Sie stand auf.

Zufrieden grinsend lehnte Nick sich zurück. Jo schlug ihm auf den Hinterkopf, was Nick nach dem ersten Schrecken noch breiter grinsen ließ: „Ich wollte nur sehen, ob sie Recht hat."

„Du weißt genau, dass sie springt, wenn du sie so ansiehst", zischte Jo.

Nick feixte: „Ja, aber sie weiß es nicht."

Jo musste grinsen: „Sei mal froh…"

„Bin ich", kicherte Nick. „Sonst… Danke, Eva, du bist ein Schatz!"

Sie gab ihm den starken Kaffee und setzte sich wieder: „Funktioniert dein Hundeblick eigentlich bei irgendwem?"

Nick lachte: „Bei allen… fast allen."

„Echt? Aber… Und bei wem denn nicht? Bei denen, die dich gut kennen? Deiner Mutter und deinen Schwestern?"

Nick grinste: „Da funktioniert der am besten! Marion reagiert nur manchmal darauf, Heinis Frau ganz selten und Michaela Herberts und Nadine Schleswig auch nur manchmal. Judith gar nicht – nur wenn sie Stephan ärgern will – und Andrea auch fast nicht."

„Echt?" Eva sah Andrea erstaunt an.

Die zuckte mit den Schultern: „Ich find das süß, wenn er mich so anguckt. Aber deshalb muss ich doch nicht aufspringen. Der hat zwei gesunde und viel stärkere Beine als ich."

Schadenfroh, zufrieden und viel zu breit grinsend klopfte Jo Nick auf die Schulter.

„Wusstest du, dass er Ärger mit der Dienstaufsicht hatte?" wollte Jo von Andrea wissen.

„‚Hatte'? Das ist vorbei?" fragte sie überrascht.

„Mmh, gestern kam der Anruf. Woher weißt du davon?" wollte Nick wissen.

„Anna hat es mir erzählt."

„Die kann Akten der Dienstaufsicht einsehen?"

„Nein!" wehrte Andrea erschrocken ab. „Sie wusste nicht, worum es geht. Sie wusste nur, dass es Ermittlungen gibt."

„Und warum wurde ermittelt?" hakte Jo nach.

„Lass gut sein, Jo!" sagt Nick ungewöhnlich scharf.

„Bist du immer noch sauer?" riet Jo.

„Nein!" versetzte Nick mit Nachdruck.

„Und warum sagst du es ihr und mir nicht?"

Nick sah seinen Freund perplex an: „Ihr hab ich das auch nicht gesagt... Bist du jetzt eifersüchtig?"

Jos finstere Miene wandelte sich zu einem breiten Grinsen: „Ja, bin ich vielleicht!"

„Du hast Eva geheiratet, lass deine Launen an ihr aus", murmelte Nick. Er versuchte ein Grinsen zu verstecken.

Eva wollte sich beschweren, aber Jo ließ sie nicht. Er zog sie auf seinen Schoß und küsste sie: „Lass ihn. Er ist eifersüchtig, weil ich dich hab und die Kommissarin ihn nicht will..."

„Die will ihn doch", wunderte sich Eva.

Jo grinste: „Dann ist er eifersüchtig auf dich, weil ich ihn nicht will…"

Nick grinste: „Du hast zu lange gefrühstückt. Wird Zeit, dass du was tust!"

„Jetzt sag schon, Nick: was wollte die Dienstaufsicht? So schlimm kann es doch nicht sein", meinte Jo versöhnlich.

Nick fluchte innerlich. Jo würde richtig wütend werden, wenn er ihm jetzt nicht antwortete. Sein Freund hatte ein Gespür dafür, wenn etwas nicht stimmte.

„Ich habe die Quads ohne richterlichen Beschluss überprüfen lassen, auch wenn die Besitzer nicht einverstanden waren."

„Nachdem ich bei dir im Büro war?" fragte Jo nach einer langen Pause. Eva hatte er sanft von seinem Schoß geschoben.

„Ja."

„Also bin ich Schuld?"

„Quatsch…"

„Doch, natürlich! Sonst hättest du das doch nicht gemacht! Scheiße!" Jo sprang auf.

„Jo, beruhig dich! Das hatte ich sowieso vor. Wärst du nicht gekommen, hätte ich mehr Zeit gehabt, den Richter zu überzeugen, aber ich hätte die Quads auf jeden Fall überprüfen lassen. Es war alles fertig, nur der Beschluss fehlte noch."

„So was machst du nicht!" Es klang mehr wie eine Frage.

Nick zuckte mit den Schultern: „Doch, sicher. Manchmal, wenn es nicht anders geht. Aber immer nur, wenn ich sicher bin, dass ich eine Genehmigung bekomme. Normalerweise erfährt es keiner. Und dir wollte ich das nicht sagen, weil du dann meinst, du wärst Schuld."

Beruhigt aber noch etwas skeptisch setzte Jo sich wieder: „Hat es denn was gebracht?"

Nick zuckte resigniert mit den Schultern: „Wir wissen jetzt, wer es nicht war."

„Sch…" murmelte Jo.

„Aber zusammen mit dem Anruf, dass die Ermittlungen gegen mich eingestellt sind, kam die Zusage für mehr Unterstützung."

Eva strich Jo über den Kopf: „Siehst du, mein Schatz: wenn du Nick seine Arbeit machen lässt, dauert es vielleicht ein paar Tage länger, aber wenigstens wird er nicht gefeuert! Vielleicht hätte der Richter ihm diesen Beschluss gegeben, wenn du Nick nicht davon abgehalten hättest, mit ihm zu sprechen, weil du unbedingt deine Wut an ihm auslassen musstest?"

„Mmh", brummte Jo sehr leise. Er küsste Evas Handfläche und sah zu Nick: „Tut mir leid!"

Der zuckte mit den Schultern: „Ist blöd gelaufen."

„Fabian hat sich gemeldet", fiel Andrea ein, nachdem alle eine Weile geschwiegen hatten. „Ich hatte ihm eine E-Mail geschrieben. Da hab ich alles reingeschrieben, was mir eingefallen ist. Also, dass ich zu seinem Leben gehören möchte, dass ich möchte, dass er sich für mich interessiert, dass er sich Zeit nimmt, wenn ich in Frankfurt bin, dass... ach, all so was halt. Und wenn er das nicht auch möchte, würde ich die Beziehung beenden."

„Und?" fragte Eva atemlos.

Andrea zuckt verwirrt mit den Schultern: „‚Er akzeptiert den Vorschlag', hat..."

„Was?" rief Jo aufgebracht.

„Mmh, ist Anwaltssprache. Das soll heißen, dass Schluss ist. Das ist aber nicht... Er hat seine Sekretärin antworten lassen..."

„WAS?" riefen Jo und Nick gleichzeitig entsetzt.

Sie nickte langsam und erzählte von beiden E-Mails. Bisher hatte sie nicht geweint. Sie hatte es einfach nicht verstanden. Doch jetzt, als sie vor ihren Freunden davon sprach und sie ihre ungläubigen und mitfühlenden Gesichter sah, kamen die Tränen plötzlich. Nick streichelte ihr tröstend über den Rücken. Sie lehnte sich weinend an seine Schulter und er schloss sie in die Arme. Jo verließ die Küche.

„Ich weiß nicht... Ich hab vorher nicht geweint..." schluchzte sie.

„Ist gut", brummte Nick. In seinen Armen fühlte es sich nicht so schlimm an. Als sie die Wärme seiner Hand in ihrem Nacken spürte, wurde sie ruhiger.

„Wein ruhig", meinte Eva. „Das hilft meistens. Ich guck mal nach Jo: der fährt sonst mit seinem Jagdgewehr nach Frankfurt, und ich brauch den morgen hier!"

Andrea kicherte: „Sag ihm, Anna lässt Fabian schon vierteilen."

Sie richtete sich auf: „Danke, Nick."

Er lächelte: „Quatsch! Obwohl: verdient hast du es nicht: du hast mich heute nur geärgert."

Er wusste, wie gerne sie lachte und dass es ihr am besten half.

Andrea grinste, während sie sich die Tränen von den Wangen wischte: „Ich mach's wieder gut: ich lad dich zum Essen ein..."

„Du schuldest mir sowieso noch ein Essen: du hast mich Montag mit der Rechnung sitzen lassen."

„Stimmt", kicherte Andrea. „Tut mir leid. Ich lad dich zweimal ein."

„Nein, einmal reicht", er trocknete eine Träne auf Ihrem Kinn, die sie vergessen hatte. „Für das zweite Mal versprichst du mir was."

„Was denn?"

„Sag mir das nächste Mal, wenn ich... wenn ich dir wegen irgendwas Unrecht tue."

„Das hab ich doch. Aber du bist einfach weggelaufen."

„Mach ich nicht wieder. Versprochen."

„Doch, das machst du bestimmt. Das machst du immer, wenn du meinst, eine Diskussion wäre überflüssig."

Erstaunt schwieg Nick.

„Aber ich verspreche dir, dass ich dir sage, wenn du mich ungerecht behandelst."

„Mmh", murmelte Nick und gab sich einen Ruck. „Ich verspreche dir, dass ich versuche, nicht ‚wegzulaufen'."

Andrea lächelte: „Gut. Dann sind wir uns einig: ein Essen und das Versprechen. – Ich hätte das allerdings auch ohne das Versprechen gemacht."

Nick grinste: „Aber jetzt bin ich es selbst Schuld. – Außerdem ich lad dich zum Essen ein: du hast zwei Morde aufgeklärt."

Andrea grinste: „Also lädst du mich zwei Mal ein?"

Nick schmunzelte amüsiert: „Du hast auch nie genug. Ich lad dich einmal ein, dafür koche ich selbst?" bot er an.

„Kannst du kochen?"

Nick lachte auf: „Ja, sicher."

„Wickelst du so die Frauen um den Finger?"

Erst überrascht, dann belustigt sah er sie an: „Nein. Ist das eine Möglichkeit? Bisher koche ich nur für Freunde."

Andrea nahm begeistert an.

Heiliges Feuer
Andrea ermittelt
1. Niederrheinkrimi von Ursula Fuchs
Taschenbuch, 250 Seiten
ISBN Buch: 978-3-7534-0687-9
ISBN eBuch: 978-3-7534-1452-2

Muttersöhnchen
Andrea ermittelt (ein bisschen)
2. Niederrheinkrimi von Ursula Fuchs
Taschenbuch, 300 Seiten

ISBN Buch: 978-3-7562-9385-8
ISBN eBuch: 978-3-7568-4685-6

Über mich

Ich wurde 1982 in Lusaka, Sambia, geboren. Meine frühe Kindheit verbrachte ich in Sambia und Simbabwe, bis ich mit 6 Jahren am deutschen Niederrhein eingeschult wurde. Ich weiß noch, wie seltsam ich es fand, im Sommer, bei strahlendem Sonnenschein mit vielen Menschen schön geordnet in der großen Aula der Schule die Einschulung zu „feiern". Feiern in Afrika waren nie in Gebäuden. Und nie „geordnet" – zumindest soweit ich mich erinnere.

Nach 13 Jahren Schule und anschließender Gartenbaulehre ging ich zum Studium nach Osnabrück.

Nach dem Studium, auf der Suche nach dem richtigen Job, begann ich diese Krimireihe, die am Niederrhein spielt. Mittlerweile sind sieben Krimis entstanden, der Achte ist begonnen.

Seit 2011 bin ich glücklich zurück am Niederrhein. Ich fahre zwar gerne in Urlaub, und sehe mir andere schöne Orte an, habe aber bisher keinen gefunden, an dem ich lieber leben möchte, als am Niederrhein.

Weitere Infos zu meinen Krimis: www.ursula-fuchs.com